U0742725

满庭芳文萃

南方散记

郭俊亭 著

中国纺织出版社有限公司

内 容 提 要

一种精神的传承，在我们的血脉里，在我们的信念里，接过来，再一代一代地传下去，我们有许多精神和品质是需要传承的。本书中传承的是一种善念，一种济天下的心胸和气魄。

图书在版编目（CIP）数据

南方散记 / 郭俊亭著. -- 北京：中国纺织出版社有限公司，2024.2

（满庭芳文萃）

ISBN 978-7-5229-0965-3

Ⅰ.①南… Ⅱ.①郭… Ⅲ.①散文集—中国—当代 Ⅳ.①I267

中国国家版本馆CIP数据核字（2023）第232472号

责任编辑：郝珊珊　　责任校对：王蕙莹　　责任印制：储志伟

中国纺织出版社有限公司出版发行

地址：北京市朝阳区百子湾东里 A407 号楼　邮政编码：100124

销售电话：010—67004422　传真：010—87155801

http://www.c-textilep.com

中国纺织出版社天猫旗舰店

官方微博 http://weibo.com/2119887771

北京虎彩文化传播有限公司印刷　各地新华书店经销

2024 年 2 月第 1 版第 1 次印刷

开本：880×1230　1/32　总印张：64.75

总字数：998 千字　总定价：600.00 元

凡购本书，如有缺页、倒页、脱页，由本社图书营销中心调换

目录

我的老师…………………………………… 1

那年·那月·那院…………………………… 12

边缘的石围塘……………………………… 30

臭花菜……………………………………… 37

端　午……………………………………… 45

瓜　棚……………………………………… 51

光阴里的石围塘…………………………… 62

过　年……………………………………… 67

花中四君子………………………………… 79

荷…………………………………………… 86

南方散记…………………………………… 101

半城木香…………………………………… 118

秋叶与花…………………………………… 125

山　趣……………………………………… 130

市井烟火里的石围塘……………………… 134

四十说……………………………………… 139

桃花源……………………………………… 144

天空四季……………………………… 151

听，雪落的声音……………………… 162

小　满………………………………… 167

又见鸟归……………………………… 177

枣树（外三篇）……………………… 187

槐　树………………………………… 194

麦　香………………………………… 199

茶……………………………………… 209

我的老师

一

　　教师节那天听着《老师，我总是想起你》这首歌，廖昌永那雄浑深厚的男高音，深情的演唱，勾起了我对老师的怀念。一张张慈祥的面容在我眼前浮现，与之交往受栽培的点点滴滴，弥足珍贵。我常怀感念之心，奈何天生愚钝，一无所成，常感有愧老师的教诲。

　　田广顺是我上初三时的班主任，兼语文老师。其实在上初二的时候，他就教过我动物学，声音洪亮，比喻生动，很是幽默，我很喜欢上他的课。田老师身材魁梧，身高一米八开外，平时喜爱打篮球，看上去面色红润，很是健朗。他上课时要求严格，一副面孔总是在威严与幽默间跳跃变化，讲课时幽默生动，对待同学犯错则毫不客气。

我上初中时是20世纪80年代末，那时他是学校语文教改的带头人，也是市里教育界新课改的带头人之一。他采用的六型课单元教学法，不仅学生喜欢听，在县市教育界也颇有名声。我们是一个乡级中学，后来成了全县的重点中学，学生来自很多地方，最远的来自新疆，均是慕名而来。

那个年代，教师在社会上的待遇不高，教师职业也不被社会重视，他因此常常愤世嫉俗。一次去理发店理发，跟师傅攀谈，他问师傅一个月收入多少，对方看他气质谈吐，以为是在政府工作，顺口说道："不多，应该比教师强些吧！"他听后十分生气，一张脸简直成了关公，又哑口无言，再也不理那剃头的师傅。这事情一直压在他心里，两个月后，方才给我们说起。

我是寄宿生，和老师在一个食堂吃饭。他的办公室在教学楼前边操场的东侧一楼，食堂在教学楼的西侧，之间需走一段路程。饭后，他常常用筷子别着搪瓷碗底的小孔，快到办公室时，把碗扔到地上，一脚踢起，碗一下子飞到了办公室门口，到了门口再弯腰捡起。他不顾学生异样的目光，我行我素。这也许是他发泄的一种方式吧！

初中三年级第一学期，第一节作文课是让写一篇论文，我选的题目是《雪之恶》。开头用文言的手法，描述雪的外表之美，待装到瓶子里融化为雪水时，才知不过一瓶污水而已，有很多灰尘漂浮其中。由此联想到社会上的一些不良现象，不也是如此，打着冠冕堂皇的旗号？他把我的文章作为范文在课堂上朗读，并给予了很高的评价。他说在他教学的几十年内，作文最高分是85分，是两年前他的一位得意学生写的一篇文章《杨柳青青》，我的那篇论文他用红笔打上了95分。从那以后，他很关注我写的每一篇文章，包括由我主办的板报上书写的针对吐痰恶作剧的不良行为的讽刺。那篇文章我也采取了古文的押韵风格，既幽默又极具讽刺，他上课前，从头到尾看完后方才开始给我们讲课。后来我写的《暴风雨过后总会晴的》，描写一个死去丈夫的寡妇再嫁时受到前夫家人的百般阻挠与嘲弄。她在一场夜雨里到死去的丈夫坟前哭诉，说三个幼小的孩子需要拉扯，终于顶住一切压力，在孩子们的理解下毅然招了一个上门女婿。还有《村外，那座孤独的小屋》，描写了兄弟二人成家后，为了不赡养父母，把一对老人赶到田地里搭茅庵生活的故事。还有《盆内那两棵幼芽》，写的是一对夫妻生育了一双儿女，但两人重男轻女，对待儿子和女儿的态度截然不同。我的文章经常通过生活中一些细小的事情，来反映一种普遍存在的不良社会现象，运用由小见大的讽刺手法，对弱者给予关注和同情。

他在读我的文章时，情绪很是激动，语调中有气愤、有同情。在读到对弱者的描写时，我发现他的语调异样，眼睛都湿润了。我的每篇文章都成了班上的范文。那时，听着老师朗读我的文章，平时不爱言语的我，都会再一次地在内心对那不良的社会现象进行谴责。我感觉田老师和我在对社会的看法上有相通的一面，我们彼此惺惺相惜。正是他对我文章的欣赏和肯定，才让我在内心里悄悄地种下了一颗文学的种子。为什么去写作？写作是来干什么的？用笔去触摸社会的底层，发现世俗中的美丑善恶，写作有时展露的是一种良心。对真善美的追求是我写作的一贯主题，只是随着社会阅历的增加，字里行间少了那份激烈，文章变得更加含蓄、深沉和内敛。

后来读高中又参加工作，我只见过他一次面。听人说，他终于如愿以偿，调到政府部门，做了几年镇长。真不知他从教师岗位到政府部门后的内心体验如何。后来国家对教师岗位越来越重视，我想也许他一直在教师岗位上会更好吧！

如今田广顺老师也有六十多岁了，已经退休，真不知老师现在状况，有机会很想去看看他。

二

初中毕业的那个夏天，我开始读席慕蓉、汪国真的诗集，到下半年高中开学，语文老师要求我们写日记，并且每周上交一次，我就开始在日记里写诗歌。语文老师是刘德民先生，论年龄比我大六七岁，个子不高，戴着一副眼镜。他在我的本子上写道："有时间到我办公室，给你修改诗歌。"高中下午有一节自由活动课，我就利用这个时间找到刘老师，让他给我改诗。那时写诗就凭着一股冲动，基本上都是一气呵成，对字词的运用常常有自己弄不懂的地方。有时老师问我，怎么会用某个字或词语，我一时也回答不上来，老师就跟我推敲用哪个词更准确。

后来刘老师因要到信阳师范学院进修，就不再担任我们班级的语文老师了。两个月的进修结束后，他又回到学校负责其他班级的课。见了面，他跟我说："你写的诗歌，有空还可以拿来我给你改。"于是我还是像往常一样，在自由活动课去找刘老师修改诗歌。

刘老师的办公室放有《语文研究》杂志，通过这些杂志，我了解到了我国台湾诗人痖弦、现代诗人徐志摩。对他们经典诗歌的赏析，开阔了我的眼界，让我在写诗上除了凭感觉，开始注重诗歌的哲理、韵律和结构。

因种种原因，我没有读大学，直接进工厂参加了工作。在工厂听人说可以参加自学考试完成大学课程，又不耽误工作，并且除了买课本、交考试费，也不用交学费，我就到市自考办报了名。想不到参加自学考试的人那么多，有的是为了拿更高的文凭，便于在单位升职涨工资；有的像我一样就是为了多学一点知识。我报的是汉语言文学专业。因为喜欢文学，学习起来特别投入。但同时还要上班，所以每次考试只能报两科，报得多也看不过来。这样通过六年的时间，考过了，为我写作打下了坚实的基础。工作之余又拿起笔开始写作，这样就断断续续坚持到现在。前年高中同学建了一个群，我也在其中，只是我从不在群里发消息。后来看到刘德民老师也在群里，我就加上了他，偶尔在微信上进行问候，保持联系。凡有新作品，一经发表都会给老师发过去，一同分享那种小小的快乐。老师还是像以前一样认真地阅读，却只谈感受，不再修改。我说："刘老师，若不是你当年对我的指导，我也不会几十年来一直坚持着写下来。"

新冠肺炎疫情刚结束时，我闲居在家，便与几个高中同学一起约刘老师聚了一次。见面后，还是当年的那种感觉，只是彼此都不再年轻。问着彼此的家庭、生活、工作状况，很是感慨。一段师生情会让人记一辈子。感恩老师当年对我的辅导，只能用更多更好的作品去回报老师当年的付出。

三

柴春旭先生是我走上工作岗位后认识的对我帮助很大的一位领导和长者。那时我二十多岁，他四十多岁，瘦高个儿，戴着眼镜。他是个工作狂，平时沉默少言，不苟言笑，一谈起工作却滔滔不绝，且工作一丝不苟，认真严谨。在管人上，他因人不同，采取不同方法，往往令不同的员工都能从思想上认同他的处理意见；在管理上，他启发大家各抒己见，又能综合不同的意见进行决断，善于变通，有领导力。他对于人事善周旋、练达，且一身正气。

认识柴主任，是因公司要组建一个高盈利的生产车间。这个车间实际就是一个加工厂，从原料到成品、包装、入库，一应俱全。组建车间时，我作为关键设备技术人员调入。我以前完全是一个机器盲，但接触设备后就喜欢上了技术。我对于出现的问题及解决方案常爱琢磨，琢磨后形成总结。当时车间技术人员少，且水平普遍不高，看到这种状况，我常常把自己总结的问题及处理的方法写出来，交给带班主任在会上进行学习，加快了车间技术工种的技能普及和提高。过了一段时间，我又提出一人开双机，这样技术岗位一下子就解放出来将近一半的人员。同时，我在内刊上发表的一篇《第二起跑线》的文章，对企业、员工都具有很强的启发意义。因为这两件事情，我引起了柴主任的关注。

一个七百多人的车间，管理起来不是易事，为了筛选出优秀的基层管理人才，车间成立了 QS 小组，入选的都是思想活跃、年轻又有文化的员工。第一件具体的工作是利用班后时间办好车间宣传报。开始分三组，轮流出刊，我是乙组组长。每期出刊前，先跟组内成员开碰头会，讲主题，动员大家写素材。出报时，我做编辑兼版面设计和美工，跟一位粉笔字好的成员一起出。前三期过后，另两名组长均因工作调动离开了车间，后来的板报组织工作就我一人负责了。主题素材以弘扬生产为主，配以多变的形式和精美的图案，黑板报成了车间文化宣传的阵地和风景线，很多员工围着看。

柴主任通过跟我聊天知道我要参加高等教育自学考试，就跟我说，以后下班后就不要加班了，回去好好看教材准备考试。有了充裕的时间和精力，我的自学考试进行得就比较顺利，到2004年12月，我终于拿到了汉语言文学专科毕业证书。

因车间要增加生产线，固有的厂房无法安装，得另选厂房，为了加强管理，要成立新车间。我每次上班都提前一小时到车间来了解生产情况，并为接班准备生产材料。柴主任把我提成技术班班长。他开始担心我不敢大胆管理，但我接任后，遇到问题对事不对人，平等对待每一个人，这样，踏实的人感到班组有靠头，要奸取巧的人就处处受到压制，班组的工作开展起来有一股子正气。

班组管理难免得罪员工。我的柜子从不上锁，有人报复，把产品偷偷塞到我的工作柜子里，又向保卫科报告说我偷拿产品。那天我上夜班，早7点时柴主任到车间把我叫到办公室，问我此事。我告诉他，一我柜子是不上锁的，二我在更换衣服的时候发现身后有人跟随我，正是经常违纪被我批评的员工。柴主任了解真实情况后对我说："你回去吧。没事，不要担心，以后多提防着这个人。"当天他把那故意往我柜子里塞产品的员工叫到办公室问情况，把他的身份证留在办公室，且了解了他的家庭住址。柴主任把那人的信息在公安局进行了备案。那员工看一计不成又生一计，找人要在我常经过的路口砸我黑砖，结果被公安人员捕获。之后那名员工仍然在我班上，但是再也没有干过出格的事了。这件事过去一段时间后，我才从办公室一位同事那儿听说柴主任为我做的事，为柴主任对我的保护产生了深深的敬意和感激。

后来辞职离开工厂前，我感到应该征求下这位老领导的意见。他告诉我，离开工厂也不是一件坏事。我就毅然辞了职，去走另一条不同的道路。也许经历越多，对于我们个人才能成就越多，我从没有后悔过曾经做出的选择。

四

最初知道胡小凤老师，是 1993 年河南举办"豫剧十大名旦"选拔活动时，她演的《大祭桩》给我留下的印象很是深刻，我因此记住了这个名字。从 2000 年一直到 2019 年，几乎不曾看到关于胡小凤老师的消息和报道，网上也是一片空白。作为邯郸东风豫剧团的第一主演，竟就这样音讯全无。我在豫剧贴吧上偶尔发帖对胡老师的艺术进行评价，2019 年 4 月有一吧友看了我的评论后加我为好友，联系后才知道是胡小凤老师的弟子史云珠大姐。这才知道了胡小凤老师的近况。她从 2000 年调入邯郸戏曲研究所后就离开了舞台，因心脏不好，所以一直沉寂。因邯郸在河南和北京之间，我在回家的时候，路过邯郸，顺路前去拜访了胡老师三次，才知道 2019 年她在弟子们的劝说下成立了胡小凤豫剧院，又一次出现在了观众面前。

胡老师成名很早。1959 年，由她主演的豫剧《穆桂英挂帅》

由中央新闻纪录电影制片厂拍摄成了戏曲艺术片，在全国影响很大，那年她才13岁。胡老师的挂帅是以豫西调为主，马金凤的挂帅（1958年由上海电影制片厂录制成电影）是以豫东调为主。两部同名豫剧电影，两种艺术风格，各有千秋。胡老师的爱人王文玉老师，也是老东风豫剧团的工作人员。他们二人都很低调，不爱出风头。胡老师谦虚，不多言语，但一谈到戏，她总是停不下来。我们见几次面，谈的都是戏剧。我看到这么好的艺术，却没有系统的理论研究，就跟胡老师商量，利用我的业余时间，做关于胡小凤豫剧艺术风格的研究。这提议得到了王老师的大力支持。

每篇文章写出后，我就发给王老师，让他对其中涉及的时间、事件的准确性和细节性进行把关。胡小凤老师把她主演的几部剧目的唱腔一段一段地在电话里给我讲解，示范演唱，使我对豫剧的板式和转换有了认识，也对她主演的剧目又有了更深的了解。之后我再根据视频研究，分析她的唱腔和表演风格。这样每完成一篇论文，我个人的豫剧艺术素养就提升一层。我对戏曲是一个业余爱好者，凭着一腔的热爱和长期熏陶后形成的对戏曲的欣赏鉴别力，终于完成了胡小凤豫剧艺术表演风格的系统研究。有这一成果，也非常感谢胡老师耐心认真地讲解。

平时我一遇到戏曲不懂的地方就在微信上询问王老师，他知无不言，言无不尽，总是耐心给我讲解，使我学到了很多豫剧的基础知识。他告诉我，写戏曲文章，论点要鲜明，论据要充分，论证要有力；涉及以前的事件与人物时，不要听一家之言，要谨慎，要印证，写好后拿不准的一定要多问，弄清楚、弄明白，这样写出的文章才会有人信服。我们的年龄相差三十来岁，也算是忘年交，彼此谈论戏曲都很真诚。

工作和生活中遇到了这么多好的老师，不仅在业务上给我指点，提升我的业务水平，而且在我人生陷入迷茫时，给我指引和力量。一日拜师，终身受益，总感觉自己所能做到的原本极其微薄有限，今生能遇到这么多好的老师是我的幸运。永远难以忘记我的老师们。

2020 年 11 月于漯河市

那年·那月·那院

一

带着小女参加一个街坊的婚庆，饭店选的是县城郊区的一个农家庄园。庄园里种植着苹果、桃子、葡萄、核桃、枣子等，还有用旧车胎做成的各种娱乐器械，孩子感觉新奇、好玩。最开心的当然是用微信关注庄园后可以免费领取一对鸡仔。女儿用手掂着，一对金黄色的鸡仔，毛茸茸的，小眼睛圆溜溜的，那么小的东西，啾啾地鸣着，像是在恐惧和抗议。女儿看到这么活蹦乱跳的小生命，为此感到兴奋和无限的关切。

宴席结束后，我把小鸡放在电车前端的铁篓里。走到中途，女儿喊叫"爸爸，小鸡跳出来了"。原来，两只小鸡中的一只特别调皮，竟然飞到铁篓的沿上，前后晃动着小小的身子，眼见着有坠落的危险。我连忙停下车子，把小鸡捉住放回小方纸盒内，合上车篓盖子。女儿开始不放心起来，一路上生怕小鸡再闯了祸。

担心了一路，总算到了家。先得解决小鸡的住宿。拿来一个纸箱，用铁钉在四周扎出诸多小孔，便于空气流通。把小鸡放在纸箱里，每扎破一个孔，它们便用尖尖的嘴巴啄出来。女儿看了很是开心，说："爸爸，小鸡一定是饿了，那让它们吃什么呢？"我进了厨房拿出装小米的瓶子，向她晃了晃道："就喂它们这个。"为了清理便便，在箱子底上铺了一层硬纸，撒上小米。两个小脑袋一齐凑下去，嘣嘣嘣地啄，一直吃到脖子都鼓了起来。小女的眼睛一刻也舍不得移开，一直围着纸箱子，盯着小鸡看，又道："小鸡该喝水了。"我从餐桌上端来凉茶，找到一个塑料瓶盖，倒上凉茶，放在箱子角里，小鸡冲过去喝起水来。我告诉女儿，不可以让小鸡喝凉水，否则会拉肚子的，小女点头。小女问我："爸爸，小鸡为啥总叫呀？""大概是它们想妈妈了！"我回答道。

第二天是周一，小女又开始为小鸡担心："那我不在家，爸爸妈妈也上班去，谁管小鸡呀，它们会不会饿死呀？"妈妈说："一会儿我给它们扔出去。"女儿可急了："妈妈，它们是小生命，不能扔。"我想了想，告诉她："明天我回老家，把小鸡给爷爷带过去，爷爷会照顾好它们的。"女儿满意地放下心来。

我把小鸡给父亲带了过去，父亲很是高兴，给小鸡弄来了铁丝笼，又把姐家的竹笼子拉了过来。我出差半月多后回老家，看到小鸡长出了硬翅尖来，明显是长大了。父亲给我讲，小鸡前几天把水弄洒，垫在笼子里的纸片湿了，结果小鸡把纸给啄着吃了，那两天因消化不良，看着就要死了，不想过了两天，竟然又活了过来。从那起父亲就不再在里边垫纸了。我看到父亲喂小鸡的是玉米糁子。父亲告诉我，用开水把玉米糁烫下再喂它们，这样便于消化。父亲养小鸡真是悉心。我给小鸡拍了照片，给女儿发过去，又传到微信朋友圈里。女儿见到小鸡有了新的变化，依然很高兴。父亲告诉我还要再养一条狗。我听着感到高兴，因父亲很有劲头，心情也因此更加开心。

二

从我记事起，家是两间茅草屋，墙是用土坯垒起的。土坯的制作是纯手工。用一个木制的方形模子，模子内沿洒上水，放在开阔的平地上，地面撒上细沙避免土坯粘在地上。用土、碎麦秸加水和成泥浆。和泥浆是要一定技术的。土围成一个圆，用铁锨把外沿榔高，中间低，然后加水，不要搅动。等水慢慢洇下去，再加水，用铁把搂动几下，仍然等水慢慢下洇。这样土洇得比较透，也比较均匀，不会出现干土疙瘩，影响土坯的质量。加碎麦秸是为了防止土坯在变干过程中裂口，增加泥浆的黏性。和泥浆，一定要和匀实，和出黏度，不可过稀，也不可过干有干土块。把和好的黏度适中的草泥用铁锨装到模子里，用瓦刀刮平，然后把模子向上水平地提起，一个土坯就做成了。晒两天，要用瓦刀把土坯铲起翻身，再晒另一面两天。之后，为了进一步干燥，把土坯立起，摆成一溜儿，中间留有空隙便于通风。一交一叉，一层层摆起，能有半人来高。这样再晒上三五天，等土坯完全干了，摆成实垛，上边罩上塑料布，边上围上玉米棵捆，避免雨水淋湿。如果碰上阴雨天气，就得全家老小出动，拿来塑料布、油毡布罩上土坯垛。

垒墙是要用拉线的，便于平直。上下吊线就是用细绳绑上一块小石块，使之坠下，便于上下垂直。动工当然是要选阴历双日子，放上一挂鞭炮。等垒起了墙，上梁时，要在三角梁上贴上红纸书写的"大吉"二字，再放上一挂鞭炮。梁要钉上木椽子，木椽子上要钉上木板，木板外面要铺一层油毡，然后铺上一层泥浆，再苫上厚厚的一层麦秸，麦秸上面再压上一层泥浆。安了门窗，墙壁再用草泥糊上一层，这样看着便光洁平整了。至此，一座草屋就盖成了。

那时，房子里除了床、几把椅子、两个箱子、一张桌子，最贵重的东西便是两口水泥预制的大缸。那是用来储存粮食的，上面是用高粱篾编成的芡子，一圈一圈地斜上去。麦囤里放上麦药防虫，上面用塑料布罩上，避免老鼠和潮气。那时条件艰苦，到处是老鼠洞，一到晚上老鼠四处乱窜。睡觉时，老鼠在梁上打架会掉到我的脸上、床上。有时后半夜起来，会听到老鼠"咯吱咯吱"的磨牙声。它们白天怕人，晚上老小全部出动，爬到粮囤上，啃噬茓子，咬破一个洞，钻进去吃粮食。第二天母亲发现了，将布条用绳子捆上把洞给塞住，它们就在另外一个地方再掏一个洞，母亲再塞上，安宁不了几天老鼠又卷土重来，继续啃噬。母亲看防不住，在床头放上一根长棍，只要一听到老鼠闹腾，就用棍子一顿乱敲。黑暗中，有时敲中，老鼠吱哇一声便溜之乎也。等你睡熟了，它们又来折腾。父亲从合作社买来老鼠夹子，在上面装上饼子块，放在它们的洞口附近，常常有落夹的，任其怎么叫唤也挣脱不掉。久了老鼠便不再上当，父亲便改变主意，把夹子改放在它们常经过的途中。夹子捉老鼠有限，父亲又买来耗子药，撒在它们经过的路上。那时天天跟老鼠斗智斗勇，老鼠也是越来越精，令人无可奈何。

20世纪70年代，家家没有院子，大不了是用秋季的玉米棵在搭起的木棍上摆上一圈充作院墙，什么作用也不起。一到干冬腊月天还要常常提防孩子们玩火，否则真是一场灾难，连草带屋子都会烧得一干二净。

三

1980年后各村子四处建起砖瓦窑，家家都烧砖制瓦翻盖茅草屋，我家也不例外。两间茅草屋扒了，盖了三间又高又亮的瓦房。

盖瓦房最紧要的材料是砖、瓦与木料，其次是石灰和砂子。盖房往往要提前一两年就做准备。砖和瓦是靠人力手工制作。制砖，要先用木盒子，把和好的泥塞到里边，然后在平地上排列整齐，把木盒子反扣到地上，泥坯就制好了，一次可以制出三块。等泥坯晾干，再摆成烟囱状进行风干。接着就开始装窑。装窑时，把土坯靠着四周摆起，一摆一摆，严严实实。然后是封窑。在窑洞口，用煤块加火烧制。白天黑夜火是不能停的，并且烧的火焰要均匀，这就要求烧窑人一天24小时不得离开窑洞门。一周后开始停火，一家大小挑着担子担水。那时村边的坑里尽是水，要从那把水挑到窑前。窑上有几个土封的圆口，把土扒开，水从上边顺着倒下去，一缕缕白烟就从窑口升腾而起，发出一股呛人的煤气。那是收获的气味，闻着那种味道会感到一种希望的喜悦浸在心头。等水把热砖浇透后，再有三天就可以出窑了，一块块蓝色的砖就成了。把砖拉到家门口平阔处码好。再是制瓦，其工艺流程与制砖大致相同。

买来的石灰是大块的。石灰先要浇水，一桶水下去，升腾起白烟，一股热浪扑面而来。大人叮嘱，不可以到跟前，免得烫着。石灰浇水后自会焚化成面。有年长爱开玩笑的街坊说："俊，你回家拿个鸡蛋，我给你烧熟。"我便跑回家从鸡窝里挑出一个，交给他，看他把鸡蛋埋在石灰里，往上面浇水，一会儿工夫扒开，鸡蛋起初烫手，等凉了些，就可以吃了。石灰焚过后，就开始挖一个方形深池。池口用砖摆一个浅池，入口用一个方形的铁丝网滤子固定好，把石灰用锨铲到里边，再倒水，把石灰制成石浆，蓄到池中。过上一些时日，等水全部涸完，只存下又白又细的石灰膏。石灰膏是大有用处的，按比例和上砂子，就是用来垒墙、粉墙的原料。

砂子都是到河道或者荒地进行开采的。晚上，一家子齐出动，扒开上面的土层，挖上一米多就见到砂了。砂里带着很重的水，一路上水从四轮车的车斗缝隙里往外渗。

做椽子的木材是论方的。三角梁都是上等的木材，是父亲买来的山木，一般为松树。檩条和木板靠自家种的树进行积攒。等树粗细长够了，砍下，先放到坑里用耙钉固定住，用水浸泡沤制一个夏天，就可以捞出、晾干。这样处理后木料不会裂口变形。我常常在父亲下木料的水边放上一个竹编的水篓，过一天从水里捞出来，里边总会有几只蹦蹦跳跳的河虾、红眼鱼、沙里趴、泥鳅、鲢子、白条等，运气好时，还能有一两条两三寸长的鲫鱼。盖房子时，一家人都忙着，我也不例外，得给老师傅拿烟倒茶。房子盖起后，一家人拉土垫屋子、垫院子。在东山墙上用毛笔字写"紫气东来"，在西山墙上写"百花齐放"，落款时间是1980年。

1989年村里批了第二处宅基地，父亲开始给大哥盖瓦房。那时大侄子有两岁多。有了砖瓦机，不再像1980年盖房时纯靠手工，就节约了时间和力气。还有一点变化的是在椽子上面多铺了一层苇子编制的簸，上面覆上砂灰，再苫瓦。上了梁，中间停歇一天。那天村子里发生了一件惊天动地的大事。时间是3月3日，镇上有桃花会，唱有两台大戏。我在镇中上学。晌午过后，听到一声巨响，在我家老宅子西南角的邻居家发生了一起炮仗爆炸事件，11条生命随之而去。这是村子里做手工炮仗几十年来最大的一次事故，简讯登在了第二天的《河南日报》上。那次事故让人震惊和刻骨铭心。主事一家四口因去镇上赶会躲过一劫，但因造成伤亡过多，坐了6年监狱。事后我回到村子里，见事故现场一片焦黑，各家的房屋一片狼藉，我家距离很近，仅在斜对角。母亲回忆，一切都是那么危险和惊心动魄。我家的院子里堆满了盖房用的木头和砖瓦，在一定程度上算是一种隔离和保护，才使人物无损。我有好几年光景，晚上睡觉不敢看窗口，经常在睡梦中被一阵"滋滋"电火光惊醒。自此村中严禁再做炮仗加工。过了有半月时间，方才重新动工。那座房子盖得让人担惊受怕。

四

1993年我高中辍学，进了一家食品厂打工。那年父亲跟母亲商量要把东屋扒掉，翻盖成平房和门楼，便于秋季存放苞谷。父亲跟林花哥一起核算该买多少砖、水泥、砂子和预制板。这时盖房子一切都不再手工制作，全是买的现成的砖瓦。房子盖起的当天，母亲得了脑梗，突然说不出话来。这一次病使母亲的身体一下子垮了下来，身体一年不如一年。林花哥跟父亲很谈得来，两

19

人经常在一起喝点小酒，谈谈家常，常常谈到深夜。如今林花哥也因病去世。命运往往在你意想不到的某一天突然转角，让你猝不及防。

老家的瓦房老化严重，墙面几处裂口，房顶局部因老鼠掏空多处漏雨。2014年政府对农村瓦房统一用铁皮瓦进行维修。2018年5月，经过跟家人商量，把旧院全部拆除，翻盖成一体的平房小院，主房3个卧室、2个客厅，东屋为厨房，大门、洗浴间和卫生间从东到西在南边，楼梯靠西院墙。主房上部苦上水泥瓦，进行夏季隔热处理。院子东边留出5米宽、10米长的土地可以种植菜蔬。5~8月我因工作在北京，盖房事宜全权交给孩子的舅舅管理。兆丰哥跑前跑后几个月，从进料到买一颗螺丝钉全由他操持。我9月回来跟兆丰哥一起处理后期的粉装工作，从铺地板、装门窗、焊栏杆、装厨房、整卫生间，到安装水电、修整下水道，再到砌垒大门外坡道、重新整平院子地面、垒菜地边角墙，又到马路对面垫出5米宽、10米长的停车场。一直忙到11月，每天精力充沛。

春节前新房子终于可以住上人了。扒旧房子时，父亲坐在院子里，沉默着半天不说话，我跟姐看父亲不高兴，劝他，要盖新房子了，咋还不高兴呀！父亲叹口气说："房子说扒就扒，我也管不了了。"父亲虽说同意翻盖房子，但是他对旧房子有了感情，毕竟在里边住了38年，他恋恋不舍。到中午吃过饭，父亲依旧闷闷不乐。姐把父亲暂时接到她家住，年迈的父亲每天骑着三轮从姐家回来看盖房子，帮着干些力所能及的活。林哥劝他不要干了，年龄大，杂物多，怕绊着了他，但父亲嘴里答应着，仍然不闲着地走来走去地忙活。

12月初，我忙完家里又回到北京工作，也许久不干活乍一重劳动造成肌肉劳损，一下子肩背颈椎开始酸痛。颈椎病尤其严重，以至于头晕，睡眠质量极差。到医院拿来一堆颗粒冲剂，味道既难闻又难吃，又因工作整天在外奔波，不方便吃药，头晕持续了两个多月仍不见轻。到积水潭医院和崇文门医院找专家咨询，讲明病征后，专家说，药可吃可不吃，关键要注意运动，平时注意坐姿，背包不可以单肩挎。我这才开始反思、纠正自己平时的不良坐姿，把单肩包改为双肩包。工作之余每周3~4次，每次1~1.5小时在健身房进行肩部、腿部、胸部肌肉训练，这样坚持了一年，所有的肩颈不适均不治而愈。

在扒老院子之前，2017年腊月二十母亲去世了。母亲去世前的几个月，每一次在异地接到嫂子、姐的电话我就心惊肉跳，担心母亲有什么不好。母亲多次发生脑梗、脑出血，行动和吃饭均不便。父亲身体尚好，一直在母亲身边的都是父亲。母亲没有病时，父亲是从不进厨房的，母亲病了以后，父亲学会了做饭。有一次，姐跟我打电话说母亲想我，我便从单位请假回去。走下公路的时候，太阳火辣辣晒着，照得熟悉的街道一下子全部陌生起来。我在马路上来回地走，不知道路口在何处。费了好大劲终于找到路口，一踏上熟悉的路，看到又高又大的杨树上飞下一只鸟。一声鸣叫，也许是再寻常不过的，可是在我敏感的神经里，像是一声雷鸣般的轰响。我脚步极快地朝家走去，走进院子时，又有一只黑色的鸟从西山墙上斜斜地飞下来，落在院子当中。我看到那只黑鸟，像是心里的一团暗影从上面往下落。我匆匆走进屋子，母亲躺在床上。见我进门，母亲叫我："俊。"我答应着跑过去，帮母亲端尿盆，打来水给母亲洗手和脸。母亲看着我问："你回来了。"我答应着，一转脸泪水便流了下来。到最后一段时间，母亲几乎说不出话来，一次急着跟我说什么，说了好几次，我听不明白，姐也听不明白。我趴到母亲耳边，终于听清，她说："我活不了了。"我一下子抱着母亲坐在床上泪流满面，母亲也哭。我知道，母亲不愿离开我们，我更不愿离开母亲。那句话，也许是在母亲生命最后时期我听清楚的最完整的一句话。母亲不愿离开自己的孩子，儿女更不愿离开母亲。母亲还是走了，在腊月二十子夜一点半停止了呼吸。我站在母亲的床榻前喊她，母亲没有回答我。从那一刻起母亲再也不会回答我了。在我送走母亲的那天，我没有淌一滴泪。可在无人的夜晚，一想到母亲，泪水就忍不住直淌。我一直忍着不写这段，似乎不写就不那么悲伤，这样一放就放了三年。我还是不能写太多，泪水一个劲儿地淌，怎么也写不下去。那天晚上我叫来嫂、姐、合雨、忠雨、林哥，给母亲穿上寿衣，直到天亮，母亲身上还有体温，只是身子已经僵硬，不再呼吸。身子前的被罩上吐着几口血。母亲的坟是遵照她生前的愿望，设在村子南边的麦场地里。埋完母亲后的第一个夏季，一次大侄子跟我打电话说，他发现奶奶的坟地裂开了一条缝。我过了几天从北京回去，问了村里年长的西庆，拿来铁锨从距离较远的地里挖来土给填上。那天一直头昏的我，到下午离开家时全然好了。

五

20世纪80年代，一到初夏，村子里会有游乡出售小鸡。有的是用架子车拉着；有的是骑着自行车，鸡笼带在后边，上面蒙着布。他们一到街头，便被叫住，卖主会把小鸡圈在地上供老乡挑选。母亲每年都会买来几十只小鸡。家里这时节有老母鸡要抱小鸡的，母亲正好把小鸡让老母鸡去带。老母鸡是很爱小鸡的，谁若靠近小鸡，老母鸡会先发出一串急促的"咯哒"声，以示警告，如果继续向前，老母鸡会急速冲过去把小鸡护在身后。老母鸡此时变得十分凶猛，它会用它的尖嘴叼啄你的手，连家里的猫、狗都会畏惧而不敢靠近。晚上，老母鸡会把小鸡全揽在自己的翅膀下。小鸡乖乖地跟着妈妈，安静下来。晚上会有更危险的境遇，老鼠和黄鼠狼是需要提防的。若遇见老鼠，老母鸡会全力抵御，老鼠的阴谋往往难以得逞。但是黄鼠狼体格大、动作敏捷，难以抵抗。一遇到危险，老母鸡首先奋力搏斗，发出叫声。母亲的睡眠很轻，听到后，会拿着手电筒快速地赶过去，但危险往往已经发生，会有两三只幼鸡被咬伤而丧命。父亲会根据遗留的气味寻找黄鼠狼出没的轨迹，把半盆煤油放在它的必经之处，不出三天，定会捉住一只皮毛油光滑亮的黄鼠狼。看着那比老鼠大些的躯体，内心往往因它对鸡仔的伤害而仇视它。

小鸡长到成年鸽子大的时候，翅膀开始长出硬而长的羽毛。原来的鸡窝盛不下它们了，父亲找来一个掉了底的草篓，翻盖在地上，一到晚上小鸡便飞到上沿，有的直接钻进去。每天待到天全然黑了，母亲会清点数量，若少一只，母亲会在家门口"咕咕"地召唤，或者到邻居大大家去问，费一番周折寻回，这才把草篓上面的口用东西盖上，以防鼠害。小鸡每年都要注射至少2次防鸡瘟的针剂。初始是每家提着鸡笼到大队兽医站进行注射，鸡大了就由村兽医巡回上门对鸡仔进行注射。鸡瘟一旦暴发，是毁灭性的，往往一窝鸡几十只，会在短短的三五天内死去大半。但鸡瘟是防不胜防的，每年都会来临。这跟饲养环境卫生条件差有一定关系，但是家养哪有什么科学条件，除了打针，一切就听天由命了。

小鸡身上开始换毛后，就显露出成年鸡的模样。鸡的羽毛颜色可以说多种多样，有黄色、麻色、纯白的，也有少数全黑的。最常见的是芦花鸡，还有凤头鸡，很是漂亮，头上有一簇立起的羽毛，看起来体形匀称、利索。公鸡的羽毛长得金红发亮，鸡冠高高隆起，走起路来雄赳赳气昂昂的，一副三关将帅的风度。这时鸡窝便没了用途。我家院子里有一棵歪脖枣树，枣树的横枝很长。一到晚上，鸡就飞到枣树上，窝在上面睡觉。一到秋天或冬季，村子里就有收公鸡的。自行车大梁上绑着一杆秤，收完的鸡子用一只编织袋装在车座后边。一只几斤重的大公鸡可以换好几块钱。20世纪80年代，家家户户都没院子，因此总有鸡子被人捉去炖了吃的。那丢了鸡的人家，便在家门口或村子口骂街。有的骂上几句也就算了，而村里有一个执着的大嫂，站在村西街骂，在村东头也能听得一清二楚，往往能骂上一个多小时。但鸡毕竟丢了，骂骂出出心中的恶气，也就回了家。

鸡杀了后把羽毛留起，村里时不时有来收鸡毛的。鸡毛可以用来绑鸡毛掸子。铺鸡毛是件既脏又费工夫的活计，往往是上了年纪的人干。他们坐得住，一根一根地把杂乱的鸡毛给理顺铺整齐。我家孩子的外婆，如今七十多岁，在家里把自己关在屋子里，给别人整理鸡毛，换零花钱。家人劝她，她全不理会，只坚持她的道理，勤俭持家，日进分文由少积多。家里有人闲着，她是看不惯的，一定会说东道西，指桑骂槐，一直到你行动起来方才罢休。勤劳是农家人的天性和本质。

鸡蛋是农村人走亲戚的上好礼品。攒了几十枚，等村里谁家媳妇生孩子做满月，或哪家老人生了病，母亲就把攒的鸡蛋用手巾包起，到了晚上喝罢汤，带上我一起前去探望。对方客气地接过鸡蛋，让过座，母亲便开始跟对方拉起家常。我坐在凳子上，静静地听着大人们的事。对方往往要给我拿些吃的东西，我是从不会接的。尽管那时物资匮乏，但母亲在家常常教育我："不可以随便拿别人的东西，这样别人会看轻你的。"我自小就记着母亲的话，从不轻易接受别人的馈赠。

　　我家住在村子最东头，连着有两个坑塘，坑里常年有水，母亲于是想着喂上一群扁嘴。有一年买来二十多只小鸭，鸭子长到能下水时，每天放学轰赶鸭子成了我的职责。鸭子是认家的，我到坑边一喊，鸭子便游上了岸，我用一根长长的竹竿驱赶着，回了家。鸭子养成后，不想没有一只下蛋的，全是公鸭。就这样养了有两年，它们每天吃得又多，半碗苞谷子倒在地上，一会工夫就没了，于是父亲把它们全宰了。鸭子肉又腥又硬，没有什么好吃的。但是我很喜欢它们在水中自由自在地游泳，还喜欢它们是有记忆的，有家的概念的。

　　母亲有时不想从街上买小鸡仔，就用白酒把老母鸡灌醉，把鸡蛋放在铺好的窝里，母鸡就卧在里边不出来了。有一年母亲把两只很大的鹅蛋也放在里边，小鸡孵出后，又过了几天小鹅才出壳。鹅从小看起来很笨，一步一摇的。等黄色的绒毛全部褪去换上白色羽毛后，小鹅变得既干净又漂亮。鹅的智商在鸡鸭鹅里，是最高的，也是通人性的。鹅长到可以下水后，从不需要我去坑里赶，它们一到傍晚自然会一路"嘎嘎"地叫着回家。回到家，我喂过它们，他们就卧在院子里，一有人来它们便"嘎嘎"地叫。若是陌生人，它们不仅叫，还会跑上前扬起长长的脖子去啄人，俨然成了看家护院的家丁。我感觉鹅是一种有灵性的家禽。有一年只孵了一只小鹅，母亲要把它送给舅舅家，我跟姐姐都不忍心送它走。母亲告诉我，只有一只不好喂养，我才不再坚持，恋恋不舍地让表姐把它带走了。

六

在新盖起的房子上，放有一盆仙人掌，任春夏秋冬、风霜雨雪，依然生机盎然。它是平淡的，平淡得甚至让人忘记它的存在。这盆仙人掌是20世纪70年代种植的，历经数次的扒房、盖房，每次都是我把它先放到一个不碍事的角落，等院落拾掇利索后，再把它搬入院子。仙人掌老态龙钟，但是依然年年发出新芽，开出娇艳的黄色花朵。我从来没有给它浇过水、施过肥，但它一直陪着我们家历经风雨。目睹数年之变化，有喜有悲。仙人掌的自然状态，有时像是一种哲学，有时像是一种老庄。

二十多年前，家里养着一只土狗，黄毛，瘦瘦的。父亲过惯了缺吃少穿的年月，平时喂狗也很节俭，好的东西是舍不得喂它的。我在家时，曾把碗里的肉偷偷地挑给它，过了几天，父亲说："这狗吃得刁了。"我也不言语，依然偷偷地喂它。父亲又说："这狗得好好地饿它几天。"于是我不敢再偷喂它。一次我上夜班，走出家门有一里多地，一回头，小狗一直跟在我的后边。我停下来，回过头，让它回家。它停下来，恋恋不舍地望着我。我又走了一段路，它还在站着望我的背影。母亲也站在家门口喊它，小狗终于调转头回去了。狗是懂得感情的，恋家的。它像是家里的一分子，如果有时看不见，母亲会问，"狗呢"，会站在门口喊它。狗不知在哪淘气，听见母亲叫它，摇着尾巴一路嗅着就跑了回来。我七八岁时，忽然村子里刮起了一股捕杀狗的坏风气，全村的狗几乎被捕杀殆尽。那天，村里的几个人在我家吃狗肉，我站在外边，拒绝吃，感觉捕杀狗者实属可恨。在以后的日子里，我也不吃狗肉。前年因盖房子，家里实在没法喂养，把小狗寄养在林哥家，后狗因肠疾死去。近年家里再没养狗。

猫是招人喜欢的，尤其是幼崽，圆眼，尖耳朵，短尾巴，一切都精致得跟雕琢出来似的。它们平时既安静又温顺，像是懂得入定，独独地享受生命中的娴静。它在遇到老鼠时，像是一位隐藏在凡世的侠士，动作矫健敏捷，在一扑一闪一抓之间，瞬间秒杀老鼠。猫爱串门子，常常一去几天不见踪影，也许是被留在邻居家，过了几天又悄悄地溜了回来。冬季蜷卧在炉子旁半闭半睁着眼，它那种安详和镇定，一点也没有人世的浮躁。猫有时也令人讨厌，它会把尿撒在我的书箱里，书本翻动时散发着一股尿骚味。因此我是不大喜欢养猫的。但母亲是爱猫的，她常跟我说，猫狗都是家里的一口。

有一天，我在院子东边的树上发现一只幼鸽，想办法把它给捉了回来。没地方养，就养在屋子里。过了一段时间，又发现一只，我就把它又捉了来。一对鸽子养了一年多，竟然孵出十数只来。鸽子一多，粪难以清除，不得不忍痛全部给宰杀了。女儿常常想养些动物，因卫生问题，家里一直没有同意。有时回想过去喂养的小东西，那活蹦乱跳的样子，让人感到一种家的温馨，值得人回想和留恋。

2021 年 8 月于漯河市

边缘的石围塘

石围塘于我是陌生的，直至几位广州朋友把我带入了石围塘，石围塘才逐渐让我形成了一个模糊的印象。

石围塘首先是一个地理坐标，在广州和佛山之间，是两座城市的交界。在广州人和佛山人的眼里，它是平淡的，不显山不露水，偏远、宁静、低调、质朴。在灯火辉煌的广州市的西南边陲，珠江之南，它显得微不足道。但是，石围塘是有历史的，这历史在昏暗的黄昏里，在珠江淙淙的流水里，在细叶榕盘根错节的树干与垂下的褐色根须里，在密密树冠的荫凉里。石围塘的一切都慢，很慢，似乎与广州人快节奏的生活格格不入，却又实际上顽强地在广州人的记忆里占据一席之地。石围塘是一个需要品的地方，在慢慢的晨钟里敲醒，又在慢慢的暮鼓里蒙眬。它像一杯古茶，茶叶在沸腾的清澈泉水里溶解，颜色是赭红的、鲜亮的，苦涩里流转一股淡淡的古香。

第一次应朋友之约，来到五眼桥，已是夜半时分。一轮清月照着宁静的五眼桥，诡谲的云显出淡淡的暗影。我们六人齐聚桥的中央。五眼桥长42.8米、宽2.8米，中间微微拱起，坡道显得缓缓的。坐在桥上，听秀水河的水声，也是淡淡的。在暗黑的夜里，陡峭的岸壁几乎笔直而下，河不宽，但给人感觉深不可测。五眼桥没有栏杆，听当地朋友说，这里是很安全的，从没有见人落水。我有恐高症，还是感到眩晕，只有蹲在桥的一侧。朋友都是熟客，自然地坐在高出桥面仅有15厘米的桥板石上。东哥用手敲着当中的石板，说："这里还藏有古人的声音和气息。"我对东哥的话感到有些吃惊。桥的北面有一石碑，用红色字刻着"通福桥"。

　　五眼桥建于1612年——万历四十年，曾经是省城往来佛山的要道，号称"省佛通衢"。通福桥有五个桥洞，因此被广州人叫作五眼桥。五眼桥以红砂岩建造，坚固而美观。五眼桥的兴盛期，当属民国，那时茶楼、商铺、手工制品的杂货摊延绵两岸。五眼桥的修建，得益于明末抗清官员李待问。有位李老汉病重，担心自己死后，身怀六甲的小妾和其腹中的孩子不为李家承认，遂留遗嘱：七十一老翁，临老入花丛。生儿李待问，生女李少容。老汉去世，小妾诞下一男，取名李待问。李家对他们很是冷淡，无奈他们搬至邻村，给人缝补衣服度日。李待问自小聪颖好学，白天在私塾窗外听课，夜晚偷看武师教拳，自是文武兼备。后从军，因功受赏，在万历官至户部尚书。老娘疾病缠身，李待问行孝，毅然辞官回广州经商，每隔几天必返盐步探望母亲。要过秀水河，需摆渡。一次，李待问银两忘在船上，回时船夫如数奉还。李待问感动，出资建了五眼桥，并送一笔钱给船夫养老。一座桥，成了一道风景，一种记忆与坐标。它解决了人们的出行难题，造福了一方。它现今成了石围塘的精神象征，孝、信、义、善足以教化感发一方民众。我也开始被石围塘感染，感染那一种精神。一种精神的传承，在我们的血脉里，在我们的信念里，接过来，再一代一代地传下去。我们有许多精神和品质是需要传承的。传承优秀的文化，并不艰深，是一种善念，一种济天下的心胸和气魄。

距离五眼桥不远有一条铁路，这条铁路修建于清末，今天显得有几分落寂，每天仅有三班列车经过，且是在午夜时分。那一声鸣笛，像是石围塘深夜的一次呼喊，唤醒百余年历史的烟尘，在细碎的往事里让人回味、咀嚼，体味岁月的沉淀。一个喜欢历史的人，懂得从历史里汲取营养，懂得从历史里铭记屈辱教训。那一声鸣笛，在空旷的石围塘的上空飞荡、延绵、传递。历史是需要传递的。我们坐在铁道旁喝着瓷坛老酒。我因赶路，足足迟到了一个多钟头，走上小路时，看到围着桌子坐好的文友，忙打着招呼说抱歉，低头一看，每个人的碗筷居然均未拆封，内心不由肃然起敬。王禹接过话，"没事的，这里本来就很慢。"我品味着那个慢字，在昏暗的灯影里，品出种年代的况味。我们品评着，聊着现代名家的作品，也聊着石围塘曾经的辉煌和今天的寂寞。石围塘的天空是墨蓝色的。酒罢，几位提议一起去看看石围塘百年无人居住的老屋，据说那里还遗留着民国时期一个仍然密封完好的老坛。夜已经很深，我不愿去造访无人的老屋，可以想象那飘落百年的积尘和蜘蛛结网。东哥说，还是不要深夜打搅先灵了，那是一座鬼屋。我没有去，顺着秀水河堤，观赏着南方的植物。广州是一座花城，是一座名副其实的花都，花草随处可见。这里没有冬天，适合多种花的生长。我闻到一股时淡时浓的馨香，循着香味觅去，见是一串盛开的白色细花。朋友问是什么花，我随口道："是夜来香吧！"

大家约好去走一走铁道。铁道的两侧种着木瓜，可以去摘一两个。在月光的朗照下，只见木瓜尚小，不可摘的。朋友发现一种藤，在树干上攀附，叶子是细细的圆叶。我看到南方的藤树，心中有一种茫然，不知所以。朋友说扒开它，几个人迅速地找到了三五棵同样的藤树，扒开根，里边藏着一串茎块，有大有小，大的足有两斤多。我对这种植物和果实只有陌生，任朋友处置。带着战利品，朋友不忘在挖开的坑穴前放上人民币，算是对种植人的一种补偿。然后我们便心安理得地在河堤上游荡。成老师建议去围塘里把得到的果实用火烤熟。

跳过已经关闭的大门，门卫室的灯还亮着，一位老者从里边踱了出来，一点也不担心什么。一位朋友上前跟老者搭腔，算是打了招呼，门卫自然又慢慢地回他的室内歇息去了。夜空像一块宝蓝色的帷幕，几颗星星像豆子一样随意地撒着，不分东西。月亮远远地在云里钻进去，又钻出来。这里有一条支流汇入秀水河，正是交汇处，水域显得有些宽阔。我们顺着河堤往里走，除了栅栏外的工厂亮着灯，河边的故居已经人去楼空。三层小洋楼的阳台下有一个用砖垒砌的桌台，可以坐下对酌，喝茶，聊天。据说这座小洋楼曾被一个讨饭的从窗子钻进去据为已有，后被主人察觉，用砖砌住了窗户，只剩下空荡荡的风从二楼吹到三楼。夜是寂静的，各种虫唧唧地鸣唱，像是远远地传来的二胡声，断断续续，时长时短。有两个用砖砌的码头，高高地在河岸边悬着。几十年前，这里应该是车水马龙，如今只剩空台和一圈长长的围墙，连水都是寂寞的。对岸有一个夜钓者，不时投竿收竿，鱼凫亮着白晃晃的电子灯。钓鱼者是很安静的，偶尔传来鱼尾拍打水面的响声，在沉静的夜里砸起一个漂亮的水花。

大家纷纷开始行动，找干枯的树枝和叶子，聚拢来点燃。木柴还未干透，起初冒起浓重的白烟，加了些易燃的叶子，浓烟里猛地蹿出橙红的火苗。火苗闪闪烁烁，长长的火舌舔着漆黑的夜晚。在这里即便如何闹腾也影响不到什么人，这个安静偏远的夜晚是属于我们的。火焰自由地燃烧，炽热的温度烤得人的手和脸都是红的。把扒来的果实放在火里烘烤。烤块茎类的食物是需要时间的，好在夜是漫长的，我们每个人都有足够的耐力去等那个飘香的时刻。李老师提议大家围着火堆跳舞，我又趁酒兴给大家唱了一段青衣戏。为了便于大家听懂豫剧，唱之前我介绍了剧情背景。在烟火缭绕的河边，我开嗓唱了一段包公戏，第一句尾音收腔，便赢来了大家一致的掌声。戏曲在国内是无地域性的。火燃烧得正盛，火舌舔过的木头开始发红、发黑。火是黑夜的眼睛，也是黑夜的思想，它是跳跃的，灵动的，有激情的，自由的。我们在等待果实烤熟，大家开始聊天，谈民国的大咖，从老舍、张爱玲、沈从文、李广田到傅斯年；谈宋清的词家，从姜夔、吴文英、辛弃疾到纳兰性德；谈戏曲发展的几个高峰，从元曲、昆曲到京剧的繁荣；谈现代年轻人高发的离婚率……时间像秀水河的水，默默地向前流动，果实散发着烤熟的薯香，味道愈来愈浓。此时火焰也开始低下来，大家认为可以开吃了。从带着火星的灰烬里把果实拨出。一颗颗果实被烤得黑黢黢的，剥开外边又黑又硬的铠甲，香味更为浓郁，洁白的瓤，沙沙的、绵绵的，大家盛赞着果实的质地。河岸上是附近居民种的蔬菜，边上放着提水的桶。一切结束，从河里打上水来，洗了手，把余火浇灭，夜晚恢复了宁静。对面的林中突然传来有人敲击金属的声音，穿过夜色，在平静的水面上回荡。

在往回走时，王禹说，这里也许是广州最后的一方净土，也不知道能否守得住；一旦被开发商盯上，石围塘的宁静、野性、自然，那种慢生活也会随之消失，会成为我们心中的一种失落。

我在想，即使那些荒地、树林消失了，但五眼桥还在，秀水河还在，高大的细叶榕还在，只是我们会丢失一种乐趣，丢失一块在高效率现代化城市生活的压力背后，可以喝老酒，可以漫步，可以享受偷菜后再放钱的乐趣，可以在快中走得慢点再慢点的天地。

过了一天，李老师发来短信说："经查，那晚我们烤的是何首乌。"

据说，吃了何首乌，是可以成为神仙的。

2022 年 3 月于广州市

臭花菜

在城郊马路边的菜地里、家门口，偶尔能见到一株或两株臭花菜，都像宝贝似的留着，任其生长。臭花菜，七月正是生长期，植株不大，叶子像张开的五指，聚拢成椭圆形，所以又叫五梅草。花瓣微小，均为四片，白色，又叫白花菜。花落后，生出细角，又嫩又长，形状如针；长成后，状如豆荚，只是连接在植株上的梗显得顾长，分布在枝杈的四周，远远看去，形若羊角，故又称羊角菜。叶片散发出一股轻微的恶臭之味，尤其用手接触后，着实难闻，用水冲洗数次，也不能去掉那股难闻之气，所以叫臭花菜，也有更恶俗之名——猪屎草。不过民间多以臭花菜称它。

臭花菜虽臭，但没有人会嫌弃它，从老人到小孩，都不会去破坏它。它是一味中药，且效用灵验。大人小孩着了凉，尤其是怀孕妇女，妊娠期间不能随便吃药扎针影响胎儿，如遇风寒，用陈年臭花菜煎汁服下，不到一个时辰，逼出身上的寒气，再避一天风，也就好利索了。（所谓避风，就是退烧后不出屋子，避免在外边遇着风将出的汗吹进张开的毛孔里，造成风寒的反复。）那熬出的半碗淡绿色的汤，有种干草的青味，臭味还是有的，倒是不苦。

臭花菜还有其他药效，只是不大为人所知。譬如，种子煎汁，外用可治疗痔疮，又可清除动物身上的虱子；内服可驱除小儿腹内的寄生虫，只是有轻微的毒性，不可服用过量。全草苦、辛、温，能治疗头疼、风湿病、跌打损伤等。

我最早认识臭花菜还是大集体时，在生产队的菜园子里。韭菜畦、葱垄，或靠园子的矮土墙边，每年都会冒出几株。管菜园的老者是晁根大哥，那时我不过四五岁，他有六七十岁的样子，他虽然年龄差距大，但辈分低，所以按村子里的排辈，我得叫他哥。晁根大哥背微驼，短短的胡楂已经花白，头发也已花白，腰里常扎着一条黑色的绑带，也许是方便在菜地拔草摘菜吧。他目光温和、慈善，脸上常常堆着微微的笑，说话声音不高，语调缓慢，可是能让人听得清。生产队里的老张、老潘大大、老李嫂，谁说一声，"待长老了给我留一株"，他总会给人留起。

每天中午前，晁根大哥把韭菜、茄子、米谷菜、豆角、辣椒、番茄等，按家数分出相应的堆数。每天分的菜只有一种或两种，大都是家里的小孩子去菜园地头树荫下领取。晁根大哥坐在一个又小又矮的马扎上，笑眯眯地看着是谁家孩子来领。等领完了，他就慢腾腾地站将起来，拿着马扎回家吃午饭。我家的，每天都是母亲嘱咐我去领。生产队里的茄子，有青茄子、白茄子，但大多还是花的，白色和紫色相间。白茄子可以生吃，味甜，青茄子则味苦。豆角是菜豆，不拖穰，生命周期短。有架菜豆是分了责任田后的新品种。生产队种菜是从不花钱买种子的，都是自留菜种。葱长得又大又壮，叶子绿得发白，又厚又硬，里边像吹了气，鼓鼓的，头上顶着白色的小花；玉米菜（苋菜）长得有一人来高，叶子阔大，茎长得又粗又壮实。萝卜开浅蓝色的小花，引得蜜蜂"嘤嘤嗡嗡"，蝴蝶翩翩起舞，煞是好看。

生产队里死了牲口，是舍不得扔的。剥了皮，肉和骨头搭配，按家数进行分堆。一切停当，用一个铁锤"当当"地敲上几下铃（实际上就是半块生铁条悬在两棵树中间绑的横木上），各家就会出来一口人，把自家的一份领走。

生产队有一个牲口棚大院，东西六间，南北六间，专用来饲养马匹。马匹在生产队干农活时是很重要的，犁地、打场、拉庄稼，马是主力。饲养马，夜间也是要添加草料的，牲口棚里安置了一个高炕，有一人来高，下边是用泥巴砌的一个深穴，里边放着用铡刀铡过的麦秸。铡麦秸的长度要求是一寸长，便于牲口咀嚼。夜里添草料的人就睡在高炕上。到麦忙和秋收的时候，饲养员会煮上一锅黄豆，给每匹马加喂熟豆。煮豆时是添了盐巴的，我们小孩子会趁饲养员不注意，偷偷地溜到煮黄豆的大锅边，用手抓一把，着急忙慌地一边往嘴里塞豆子，一边警惕地四处张望。

牲口棚里，左右设着两排马厩。一个石槽可以拴两匹马。夏季，马槽每天都要刷洗，否则残余的草料会因气温过高而发酸变质，牲口就不好好吃草料。马槽的一边都有一个圆孔，便于冲洗的残水流走，喂马时再用布条堵上。麦秸、糠，要拌上水，马才能吃的。马也有生病的时候。村子里有一名专职的兽医，姓蒋，个子高高的，瘦瘦的，秃着头顶，脑门总是光亮亮的，脸上气色很好，红光满面的。大队有十三个生产队，每个生产队有二十来匹马。牲口生病时，把病马牵到大队兽医站。兽医站院子里埋着四根木桩，木桩三面均有横木连着，一端空着，可以把病马牵到里边拴上。然后兽医就把衣袖撸起，把右臂穿过马的肛门伸到里边进行查看，我们小孩子就站在边上看。然后开药，药多是草药。喂药是用一个胶质的球囊，把药吸到里边，然后撬开马的嘴巴，把囊塞到嘴里，用力一挤，药就灌下去了。

牲口棚是队里老爷儿们农闲时的聚拢地，他们在这抽烟打牌，闲唠嗑。村里是藏不住事的，好的、坏的，一夜之间，会传得众人皆知。谁家的媳妇不孝顺、不会过日子；谁办事没脑子；谁做事沉稳；谁家老人病了，每顿饭吃多少、吃的什么；谁家孩子聪明；谁家里娘儿们怀上了；等等，清清楚楚，明明白白。

谁家孩子穿了一件新衣服，或一双新鞋子，大人见了就逗他："黑蛋，今这么烧呀，烧哩给二队的牛（方言读6u）样。"那孩子呵呵地笑，有点儿不好意思地就跑开了，逗得旁边的人也都笑了。这典据说来自生产二队。寒冬腊月天，喂马的人夜里怕冷，用树根生了火，放在牲口棚里取暖，火未燃完便躺在炕上睡着了。

结果着了火，烧死了一头牛。第二天全村上下都知道了这件事。这事过去有五十余年，还有生命力，成了村里奚落、调侃人的口头禅，不得不佩服民间语言的伟大。

生产队种了油菜籽，弄了一台榨油机，自个儿榨油，榨的油平均给每家灌到塑料壶里分了下去。油是纯正的菜籽油，又黄又稠，不过是生油，需要在大铁锅里用火烧滚了才可以食用。家家把分的油放在铁锅里烧，不想，油一热便开始冒沫子，一下子便逾了锅，流到了锅台上、灶火里，火一下子着了起来。灶火上的棚都是用麦秸苫的，沾火即着，一连好几家的灶都着了火。一敲盆，各家大人小孩提桶端盆，一阵忙乱，把火给扑灭了，房子上未烧完的茅草露着黑乎乎的焦炭。

说起着火，还不得不提到一个人——辉。辉长我三岁，到九岁方才上学。据说他七岁时，到村学校报名，老师见到他母亲还让他吃奶，说，"回家吃奶去吧"，便没收他。一年冬天，辉怀里揣着一盒火柴，到生产二队的麦秸垛那玩耍。那时的麦秸是养马的草料，每年的麦秸均垛在一处，像现在的楼房一样又高又宽，很是壮观。辉一时兴起，从垛上薅了一把麦秸，用火柴点着烤火，因距离垛太近，一下子把垛引着了。北风一吹，火一下子蹿了起来，顿时浓烟滚滚，火光冲天。两个生产队的人都带着盆盆罐罐前来救火，无奈火焰太高，根本无法把水浇到上边。后来从县城里请来了一辆救火车，才算是把火浇灭。镇派出所来了人，看肇事者是一个小孩，让他家人加强管束教育也就走了。

辉的父亲闲来无事，常到我家串门喷筐，讲辉的爷爷。当时日本人来抓壮丁，他爷爷因为逃跑被活埋了，于是他们一家老小逃难来到了我们村。他家本姓黑，而我们村叫李村，为了便于生存，便跟着一起改了李姓。他的父亲要饭到洛阳，在火车站摆了一个茶摊，也卖盐瓜子。这项营生延续到今天已经是第四辈了，如今主要经营水果，负责人是广的大哥一家。辉的奶奶八十多岁时，突然神志不清。一天夜里，雨下得很大，村子周围的水沟满壕平，那晚辉的奶奶跳到水塘里淹死了。第二天，辉的父亲发现了，找来一条小木船把她捞了上来，坟就设在村头。一天夜里，突然传来凄厉的哭声，是辉的父亲跑到老太太的坟头大哭。寂静的夜晚，那哭声震颤人心。人死了便死了，永远也不会再回来了。大概他想到了一家人生存的不易，种种辛酸，人生无常，陡然悲从心起。

　　牲口棚的西侧是生产队的仓库，放着农具、粮食等物。钥匙是保管拿着的。老保管脸黑，像是戏曲里的包公，性格很是耿直，不会为谁徇私舞弊，所以大家都信任他。他个子不高，冬天常穿一件草绿色的军用大衣，满脸严肃，小孩子们都远远地躲着他。不过我倒不怕，因为我每次见他，总会老远就喊他大爷，他于是对我常露出一副笑脸。村里的小媳妇吓哭闹的孩子，就会说，"你还哭，一会儿老保管来了"，或者是说"贾妮、傅松来了"。那是我们村的两个赤脚医生，孩子一生病，都是他俩其中的一个过来。背着猩红色的药箱，把往后缩的孩子拉过来，按在腿上，一针就扎了下去。所以听到他们的名字，孩子立马就不哭了。

责任田包产到户后，存在仓库里的木头，队里也进行了处理——采取竞标喊价的方式进行拍卖。那时，因为我家还有三妮哥家，房子太小，住不下，急需盖房子，所以我们两家要的最多。

说起三妮哥，这是一个很有意思的人。他性情开朗，平时爱说爱笑。人瘦，干农活从不惜力，不过饭量惊人，可以一口气吃二十张烙馍。问吃饱没？他不好意思再吃，因为家里其他人还都没吃呢。"三妮"的名字是他母亲给起的，因为家里上边有两个丫头，到第三胎以为还是女孩，不想得了儿子，很是高兴，便取了"三妮"的名字，以示娇贵。三妮哥性格随和，爱热闹，爱交朋友。村里一到农闲，常有来说大鼓书的，便是住在他家。一到晚上，弦子拉着，梆子、大鼓敲着，全村男女老少都搬着凳子来听书。说书的有时仨人，有时俩人，有时一人。讲的鼓书，多是杨家将、岳家军、呼家将、包公案、海瑞等连本故事，有时也加唱一小段劝人孝顺父母、与人为善的段子。等月到中天，那说书的人会来一句"弦子一拉咯嘣嘣，各家的小孩回家睡木楞"，就此打住，等第二晚继续。一本书往往可以说上一两个月。末了，端了碗到各家去收粮食，当然是三妮哥前头带着说书的人，驾着一个鼓，在门口"咣咣咣"敲上三下，算是打了招呼。主家也明白来意，自是端出大半碗苞谷算是交了费用。那说书人也就回转老家了。记得来得最多的是一位叫老魏的鼓书艺人，还跟三妮磕头结了兄弟，逢年过节均是走动的。

那时，村子里还有走街串巷来表演杂技的，空中骑车、多人骑车、顶碗、登缸，诸多绝活，样样精彩，一点都不比吴桥演艺厅的水平差。只是这些艺人逐渐减少，如今在乡间已看不到了。还有皮影戏，演些二鬼扳跌、王小打虎、龙孩的剧目。对于这些江湖艺人，三妮哥总是热心结交，管吃管住，帮着收粮，很是上心。

三妮的大姐是个哑巴，常走娘家看望老人，每次来回均经过我家门口，看到我母亲，便拉着她，哇啦哇啦说上一通。母亲可怜她是一个哑巴，总是热心地跟她用手比画一阵，她方才离开。大侄子刚满两岁时，在院子里玩耍，她来了，哇啦哇啦地叫我母亲，大侄子见了，吓得大哭。嫂嫂看见，忙领了侄子，呵斥了她一番。自此，哑巴来我家的次数少了，但在街上碰到我母亲还是会很亲热地比画一番。如今想来她该有七十多岁了，已很多年未曾见面。

再见到臭花菜，那种故乡的情结使我想起了苏词：此心安处是吾乡。

2021 年 1 月于漯河市

端　午

　　端午节，由来已久，是中国四大传统节日之一。阴历五月初五，时间在夏收、夏种之后，天气炎热，秋苗开始旺长，是收获后赋闲时的庆祝和休整。在过去缺吃少穿的年月，节日一方面跟农业生产紧密相关，总选在农闲时候，另一方面跟美食紧密相连，呈现出一种自娱和慰劳，喜悦、盼望等美好的心情掺杂其中，有唐朝诗人权德舆"良辰当五日，偕老祝千年"诗句为证。

　　阴历五月初五，从天干地支推为午月午日，午日为"阳辰"，故又称"端阳"。提到端阳节，不免想起白蛇被许仙劝饮雄黄酒显露原形的故事。中国的每个节日均有一些美丽的传说，端午节也不例外。有屈原、伍子胥、曹娥的故事，表现出忠君、爱国、孝道的精神，老幼皆知。有些故事无据可考，大多是附会之辞，不过并不影响人们对其描写的美好生活的向往。有此等美丽故事，岂不甚好？

南宋的文天祥在《端午即事》中这样写道："五月五日午，赠我一枝艾。故人不可见，新知万里外。"端午这天，想念故人，故人却已看不见，新知又在万里之外。《说文解字》里讲："端，物初生之题也。"端午阳气旺，艾草、菖蒲长势旺盛。民间自古有端午门口挂艾草、菖蒲驱阴邪的习俗。夏季蚊虫滋生，艾草气味浓烈，有驱虫之功效。走在大街上，碰到上了年纪的大婶大叔，用一个手推车，专从农贸市场购买成捆的艾草，那种虔诚，甚为感人。固有的传统，仍在日常生活中保有，默默地传承，使日渐淡薄的节日气氛里，多出一抹民族风情的美丽。对文化的传承，不只是坐在雅室翻阅典籍。有很多传承是在人们日益形成的习俗和言行里，是朴素、原始、最简单不过的。这种传承，是一种信念和信仰，是对美好生活的向往，质朴无华，却意蕴丰富。

《本草纲目》记载艾草很为翔实：艾以叶入药，性温、味苦、无毒，纯阳之性，通十二经，具回阳、理气血、逐湿寒、止血安胎等功效，亦常用于针灸。故艾草又被称为"医草"。走进市中医院，先闻到一股艾绒燃烧后散发的草香味，让人感到亲切。还是大集体时，生产队的菜园北沿连着一个坑塘，边上种着一大片艾草，每逢端午，各家均要割上一小捆挂于门前。如今，菜园已退作农田，艾草也被人铲除。艾，属于多年生草本植物，属菊科，叶子背面有白色的绒毛，用手触摸，绵软如锦，含有丰富的纤维。农村人干活有扭伤腰腿的，用煮开的艾草水擦洗，能起到舒筋活血的功效。也有感冒久而不愈的，用水煎艾草，撇去枝叶，放温后服用，有驱风寒的效用。

　　我在低温环境工作多年，有腰膝寒凉之症，冬天老早就得穿上厚的棉裤，否则膝盖疼痛；夏天受不得风吹和冷气，仿佛那凉气要浸到人的骨头里去。从网络上下载关于艾灸的视频，了解禁忌，买来艾绒及灸盒，每年夏季入伏开始，试着给自己灸疗。症状稍有缓解，只是气味太盛，灸后室内经久不散，衣服上亦沾染艾味。自己已经习惯，从中能嗅出艾草的芳香，孩子们却是闻不惯的，于是做艾灸时，便在客厅里进行。那股纯阳的热气，从穴位上把气血打通，加快气血的流通，能让人感到体内寒气的消退和阳气的回升。那丝热气像游走的蚯蚓，贯穿气脉。只是，我们也要注意禁忌。体质差异，不是每个人都适合艾灸，有晕灸的就立即停止。注意不要在皮肤上直接灸，容易烫伤。灸后不要吃冷食，要喝热水，不要洗凉水澡。灸要间隔一日，一个疗程（10日）后要间隔5~7日，不然容易上火、头晕。艾灸后的草灰，我积攒在一个方铁盒内，夏天混在香皂内，能去除脸上的油污。因其含磷丰富，撒在花盆内，是不错的肥料。

　　幼时过端午，母亲一大早就把大蒜、粽子煮了捞到筐子里，鸡蛋浸在凉水里，主食是蒸的三角糖包。母亲给我讲，热天容易上火，食物容易腐烂，吃大蒜能够败毒。多年以后，我也开始给孩子煮大蒜、鸡蛋和粽子，一边吃一边给她们讲道理，在潜移默化里传承这种习俗。

　　现在学校也开始注重对孩子进行传统文化教育，她们都知道端午节吃粽子。我早早就买来糯米、大枣、白砂糖和苇叶。先把糯米洗了，放在盆子里用水浸泡，把苇叶也泡在水里，让它们恢复原状。等到下午，我坐在桌子前开始包粽子。形状如夏日河里生长的菱角。小孩子不时跑到我身边来看，又新奇地问东问西，跟我讲在学校里学来的知识。第一次是直接把白糖、红枣放在糯米里包起来，在电饭煲里煮50分钟。打开，一股米香混合着芦苇叶子的清气，在屋内弥漫。因太热，我把解开的粽子放在盘子里，拿来勺子让孩子们吃。说好了给妈妈留三个，因太好吃，禁不住诱惑，小孩子竟然把蒸的一盘粽子全给吃完了。等妈妈回来，姐姐让妹妹给妈妈道歉，小孩子红了脸。我赶忙说："明天继续包。"第二次，我在糯米里滴入了芝麻油，这样蒸出的粽子吃起来更加香甜。再包粽子时，大女儿提出不放白糖和芝麻油，蒸出的粽子有最自然的糯米的清香。煮熟的粽子，糯米黏性大，晶莹剔透，呈胶状，不易消化，不可多食。

在西安过端午，除吃粽子，还有绿豆糕。绿豆，清热解毒，止咳消暑。西晋的《风土记》记载：仲夏端午谓五月五日也，俗重此日也，与夏至同。今年夏至在6月21日，端午是阳历6月25日，一前一后相伴而至。绿豆糕和粽子，在西安是不可分离的拍档，二者连起来有"糕（高）粽（中）"之意。

中原端午历来有吃糖糕的习俗。糖糕大都用烫面，也有用小麦粉和蒸好的红薯去皮和面制成，里边包上白糖或红糖，放在烧热的油锅里，待两面炸成金黄色捞出即可。外焦里嫩，香甜可口。

吃糖糕，寓意甜甜蜜蜜，是农村用来庆祝麦子的丰收。端午节这天早上，为了让孩子吃上糖糕，我骑车子来到街西头。前来买糖糕的人早排成了一条长龙，只好跑到街的东头，买来几个糖糕。让平淡日子有种仪式感，也是对生活的一种热爱，一种尊重，以此来感染孩子。过往的日子里，端午这天，母亲还要炸上几个菜角。把韭菜摘后洗净、切段，和上炒好的鸡蛋，配上粉条、豆腐，用刀剁碎，包成饺子的形状，放入油锅，炸到颜色发黄即可。

端午最隆重的还是走亲戚。出门的姑娘回娘家看望父母，也与其他直系的亲戚，如姑姨等走动。以往是用一个竹篮，到集市上称来"炉枝"油馍，再带上一箱饮料即可，还没有结婚的准女婿还要备上烟酒。幼时，母亲在房子中间的大梁上钉了一个铁钩子，把篮子吊到上边挂起。我常常搬来高板凳，叫了姐姐一起取下篮子，把油馍取出一些，再悄悄挂回。待母亲想起时，篮子里早已空了。知道是我的杰作，也不怪我，随口说："就是叫恁吃的。"

那时，端午节还兴跟孩子缝香布袋，用线连在肩上。如今早没孩子戴了，不过在街巷里，还能看到老年人缝制的五颜六色的香布袋，琳琅满目。孩子看到，也很新奇。以前的香布袋，是用家里的碎布缝制时。用剪刀将布剪成三角，用彩线连成一个三角的包，里边放上棉絮。之后用碎花布剪成小圆片，再把大蒜中间已干的白梗，用剪刀剪成长短均匀的节，用线把小圆片和蒜梗间隔着串起，制成好看的穗子。穗子也做三根，坠在三角包的下面，细细缝起。颜色搭配好，很是精致。

如今想那香布袋，极似打麦场上石磙后面半圆形的耢耙。那三根吊穗，如后边在地上拖着的杨树枝。我想，香布袋也是先辈对丰收的一种庆祝，如今大概变成了一种怀念吧。

2020 年 7 月于漯河市

瓜　棚

一

瓜果飘香时，总想到种瓜的情景。瓜棚是用几根木棍撑起，搭成人字形，上边苫上未经碾压的麦秸编成的毡子。毡子很厚，麦秸又是空心的，任凭太阳怎么毒辣，瓜棚内也是一片荫凉。在棚后边开上一个小小的洞口，用作瞭望。田地一马平川，风无拘无束、通畅无阻，坐在瓜棚里，自是一番逍遥。雨天，早将瓜棚四周用土培高，蜷缩在瓜棚里，听雨打叶子的声音；雨后，一片清凉，夜晚时分，蛐蛐和蛐子有张有弛地开始弹唱，田地里的蛙声特别响亮。唯一让人可恨的，是长腿的蚊子，不吭不响，贴住你的胳膊、腿肚、手背、脚趾，把那尖尖的毒针狠狠地刺进皮肤，让人又疼又痒。抽手一巴掌，蚊子被拍得粉碎，血糊糊的。肿出一个包来，掐来一片香花的叶，揉作一团摁上，过一会儿肿也就消了。那香花有翠绿的圆叶，散发着一种独有的香气，专用来治疗蚊虫叮咬。只是现在少有人种了。

第一次种瓜，是在分了责任田的第三年，那时我刚入小学。瓜一可以给孩子解馋，二可以换钱，补贴家用。瓜园是距家最近的一块田地，大约有三四分，东西畦，中间有两个坟包。瓜棚搭在东头，后边是四支渠，种着几排参天的白杨，夏天形成一条"哗哗"轰鸣的绿带，沁人的凉爽。哥从家里拉来一张木床，上面铺着草席。结瓜的时候，正赶上我放暑假，看瓜的差事自然就落到我的头上。带着暑假作业，搬把凳子，看瓜、写作业两不误。只是蝉鸣像喇叭一样聒噪，没完没了。瓜棚的麦秸上常常能见到蝉壳。那时村里有游乡收蝉壳，于是我跟姐姐一人拿着一个塑料袋，收集蝉壳，集满了一袋，就拿去卖掉。听说蝉壳是一种中药，有除斑、去痂、散翳的功效。后来在哥哥抓来治疗烧伤的中药里，见到有蝉壳，方得到其功效的印证。

我只在白天看瓜，夜间都是大哥来的。有天晚上邻村放电影，演的是《画皮》，我为片中鬼的画面所惧，对瓜地中间那两个坟包也产生了畏惧，虽是白天也不大敢走近。大哥全然不怕，晚上拿着铺席躺在两个坟包中间，说是可以听到两头的动静。早上，我到地里替哥，草棵、瓜秧上挂满了露水，裤腿和鞋子一路上都给蹚湿了。

说是看瓜，不是怕偷摘，是怕有人在慌乱之中弄坏了瓜穰。村里种瓜有点规模的，的确丢过瓜，一般发生在后半夜，看瓜的人睡得死，不易察觉，等发现时，天已大亮，人早已走远。一般种点瓜自家人吃，结得多时顺便卖些。这样的瓜园，少有丢的，往往是相邻的几家约好，种时连成片。偷瓜的都是近处人，看家数多了，自是不敢轻易上手。有时偏遇到下雨打雷，夜里看瓜人听不到外面的动静，也会丢瓜。谁家的瓜丢了，就有人站在村头大声咒骂，完了也就不了了之。初种瓜时，还有人在自家的瓜上画个十字，做上标记，后来便没人再这样做了，感觉没有意义。在瓜园碰上熟人路过，主人一定会摘上一两个，跑着送过去，说句"自个儿地里种的"，以表示邻里的亲近。

　　瓜园北边是春兰大爷家的地。收麦子时，因瓜穰是套种在麦垄里的，哥和父亲拉麦子都特别小心。因是小块地，架子车周转不便，春兰大爷为了装车方便，就把架子车停在了我家瓜地里。我心里有几分担心，却也没开口制止。果不其然，他们家拉麦子时，一路上压坏了好几棵瓜苗。我十分心疼，便跟他理论。他自恃年龄大，看我是小孩，骂骂咧咧，我自然不服，便大声跟他吵将起来。后来有很长时间，见面我都不再叫他大爷。

　　后来参加工作，一次从家里走到马路上等公交车，看到路口围着一帮人。我知是发生了车祸，心突突直跳，奔过去一看，是春兰大爷骑着三轮车收破烂被车撞了。我大叫了一声"春兰大爷"。见他满头鲜血，周围的人叫道："快通知他家人送医院去。"我应着，快速跑回村子，通知了他的家人。因抢救及时，春兰大爷脱离了危险。我一气跑了二里多地，心中又急，嗓子呛得热烘烘地发干。我回到家，母亲问我怎么了，我一气喝了一碗热水，方才缓了过来，跟母亲讲了这事，母亲没说什么。村里有人问我："他当年在地里那样对你，你干吗管他？"我说："那是一条命呀，我碰上了，就得通知他的家人去抢救呀！"

哥家有两个儿子，却只有一处宅子。大侄子一天一天大了，马上要结婚，盖新房显得十分迫切。村子里因政策问题，凡是申请宅基地的一律不批。村子里倒有几处久无人住的废弃宅基地，私下托人去问，都不卖，于是全家人终日发愁。一个深夜，已过九点，忽然有人敲门。我打开大门，见是春兰大爷，忙把他让到屋里。他见到父亲母亲，低低地说起话来。春兰大爷自然从那次车祸说起，说感谢我的及时报信，否则可能命都没了。我笑着说："大爷，咱一个村的碰上，谁都会这样做的，没事的。"春兰大爷这才讲出实情，他年龄大了，要到他在新疆安家的儿子那里安度晚年，家里的房子和宅基地就都不要了。他看我哥家正缺一处宅子，问要不要。父亲说，要。春兰大爷要了两万块钱。为了妥善起见，父亲让大哥把村里德高望重的西庆叫了来当见证人，写了协议书，三方均签字按了手印，算是了结。春兰大爷那天晚上连夜坐火车去了新疆，从那以后，我再没见过大爷的面。此事距今二十年有余，也许春兰大爷早已不在人世了。生活中的很多事往往会有意想不到的转折，细细想来，那转折也是有一定因缘的。

二

　　种瓜是很费工夫的。春上开始育瓜苗，因昼夜温差大，一早一晚温度又低，得用薄膜覆盖。为了增加成活率，瓜种先用农药浸泡，避免虫子破坏。把种子放进营养钵内。营养钵其实就是用旧报纸糊成的一个圆筒，里边装上带肥料的土壤。在田里的一角用铁锨挖一个浅坑，四围用挖出的土梆起，把营养钵紧紧地排在一起，上边撑上竹劈儿，弯作弓状，上面覆上农膜，四周用土封上。为避免白天气温过高，造成苗萎蔫，每天早上须把两头扒开，以作通风，再用手轻拍薄膜，把壁上的水珠震掉，便于见光。下午气温高时，用喷壶进行洒水，避免土壤结皮干巴，保持土质松软，利于种子的出芽和生长。

　　瓜苗移植到农田时，因带着营养钵，所以成活率高。初种瓜，须打杈压头，否则光长秧子，闹闹哄哄，结不出瓜胎。西瓜是比较难种的，甜瓜就比较简单。我家种的是小白瓜，间或有几株灯笼红（南瓜）。灯笼红开始是黑皮，等长到成熟期，就会变红，同时散发出一股沙面的香味。待通体变红时，用手轻轻一碰，瓜蒂就落了，真是瓜熟蒂落。母亲和我都爱吃南瓜（方言中称面瓜）。我家没种瓜时，母亲每天出去割草，到中午时，背着一大篮子青草回来。我从母亲背上接过篮子，感觉沉甸甸的，很是心疼，给母亲拿来凳子，端来洗脸水。有时母亲告诉我，篮子里有某某大婶、大嫂给的甜瓜，她不舍得吃，给我带了回来，我很是高兴。

除了甜瓜，当时农村里还种许多品种的瓜。青皮瓜，长得很慢，个头也大，一直长到颜色发白，带上微褐的划痕，方才熟了，不然摘得早了，瓜质硬，只有清气，没有甜味；菜瓜，纯绿色，长圆筒形，吃起来又酥又脆，甜味不大；鬼儿黄，又大又圆，大的有两斤来重，表皮是一道绿色一道白色，待成熟时，绿色变成了金黄色，那样子很像是鬼脸，又像是戏曲舞台上花脸的脸谱；佛手瓜，个头不大，一端粗，一端尖，呈锥形，表皮黑色，有一道一道鼓起的圆棱。地头种上几株南瓜，南瓜也分黑皮、花皮、黄皮；形状上有圆形的、长条形的、卷曲形的，也有一种细长的，前头尖，像蛇头，大人们管它叫"长虫头"。如果要吃面的，等南瓜老时，放在稀饭锅里煮，又面又香。瓜地中间都会套种几垄长豆角、豇豆和绿豆。

种甜瓜时，如果不下雨，每隔三五天一定要浇灌一遍。浇水一般选上午，或日夕太阳光弱的时候，正午是不可以浇水的。因为地下水凉，当地表温度高时，形成的温差大，影响作物的生长。那时各方面的条件还不便利，从村里叫上一帮劳力，在地中央打一口压井。父亲、母亲、哥和我轮换着压水。太阳晒着，从地下抽出的水清凉清凉，带着一股泉水的甘甜，口渴时，用手捧着喝上几口，津甜解渴，带着田野的甘味。

头辈瓜一般是不留的，它们是瓜穰拖秧时开始坐果的，一般长不大个儿且形状怪异，但是口感很脆甜。在坐果的瓜秧上压上土块，便于其吸收土壤中的水分和营养，这样瓜胎才会长得个儿大。等到地两头的瓜穰长得交头时，要把瓜头打掉。如果种得多，又在雨天，瓜穰头高高翘起，像是抻着脖子的蛇，为了提升效率，往往用一根细竹棍鞭打。瓜穰头又嫩又脆，很容易就折断了。这样控制瓜秧旺长，便于瓜胎的生长。

瓜胎需要营养，但化肥是万万不可施的，否则长出的瓜只有其形，没有其味，或是味道很淡，甚至可能有股酸酸的涩味，口感极差。可以施有机农肥。芝麻饼应该属上等肥料，用了它，瓜个儿大，口感酥脆，又甜。甜瓜好吃，农田里的虫害也是非常了得，有蚜虫、瓢虫、蚧壳虫、红蜘蛛等害虫，喷洒农药是必须进行的，否则虫子会把瓜胎啃噬殆尽，甚至连瓜穰也不能保全。因瓜是直接入口的，为确保安全，农药只可在生长前期喷洒。瓜一旦染病，一夜间，叶子会成片地发黄变枯，有的甚至连根都开始腐烂，逐渐死去，很是可惜。深刻体会过种瓜的不易和劳累，一旦看到果实累累，就会产生无名的兴奋和力量，总感觉希望在即。

开始摘第一遍瓜时，是在下午。一家人全部出动，母亲叫我们都小心着，不要踩着瓜穰，摘时用手护着瓜藤，别把瓜藤给折断了。我也小心地帮忙摘着。把瓜放在地上拢一个堆儿，从压井打出水来，一个一个地进行冲洗，洗过的小白瓜又白又亮，吃起来又脆又甜。还有一种绿皮的，叫绿宝，可以卖出小白瓜一倍的价钱。卖瓜是我跟哥哥的事，我俩各骑一辆自行车，后边驮着竹篓。卖瓜时往往跟几个堂哥，还有村里的其他几个青年一同行动。清早天还不亮我们就出发，一道去三十里外的市区友爱街口。我特别用心地把瓜一层一层码好，专挑路过的家庭妇女，甜甜地叫大姐、婶子。往往最先卖完的是我跟哥，不到中午就跟堂哥们打了招呼，往家返了。堂哥说："多亏有俊在，卖得也快，瓜样也好。"我跟哥高高兴兴地，一路上按着车铃，当啷啷，十分的清脆和响亮。回去时是空车，大概45分钟就到了家。把瓜能快速卖掉的除我跟哥外，还有一个姑娘。她比我大三四岁，跟姐一般大，个性像男孩，很要强，嘴又甜，不怯不颤。她家每次跟我家的卖完时间不相上下。

那时有瓜地，有菜园，家里一年四季吃菜是不用买的。豆角下来时，炒菜、拌卤面；南瓜下来时，切丝下捞面、塌菜馍；茄子和西红柿放在一起，不会变黑；线椒，用刀切段，拌上面粉，再打上鸡蛋，锅里放上猪油，炒出的辣椒又香又辣，拿了烙馍卷着吃，一直辣到肚里，热烘烘的。大热天吃得满头大汗，很是舒服。豇豆和绿豆熟时，摘了剥出豆子，放在稀饭锅里，滚烂熬出香味，待凉时，一气喝完，又沙又面。豆角是夏秋蔬菜中的常胜将军，等叶子落了，藤上的豆角还一根一根地往外冒，又细又长，瓷瓷实实的，一直到九月底种麦子时才拔去。吃豆角，嫩的脆，老的炒出后，我专拣里边掉出的豆子，又香又面。南瓜跟豆角像是兄弟，等罢了园，摘下的南瓜可以放到下雪天，用来炒菜下饭。

三

外祖母家年年种瓜，有西瓜，有甜瓜。看瓜、收拾瓜穰的自然是外祖母。外祖母家的瓜地离村子很远，靠近幸福渠的北地，属沙土地，适宜种植瓜果和花生，包括莴笋。

每到种植花生的季节，母亲领着我去外婆家，我便跟着外婆住上几天。没事时，搬两把椅子，坐在南边的水井旁。这里有一棵又高又大的白杨，可以遮阳，四面通透，风也能够吹进来。外婆捡花生种，我坐在外婆身边，陪她说话。外婆捡到不好的种子就递给我，说这粒可以吃，我就接过来。

夏天，妗子做饭比较粗糙，蒸卤面条时，常常粘连成团。外婆说两句，妗子像吃了枪药，返了回去，外祖母只得勉强吃些，母亲看着也不好言语。那时外婆身体不好，母亲常常蒸了面条，中午带着我，提着饭去到北地瓜园给外婆送饭。因为需走好远的路，走到瓜园大概已是下午 2 点。外婆跟我最亲近，外婆去世后，一次姐姐带我去舅家玩，没了外婆，舅家也就没人疼我，勉强住了一晚，第二天我就嚷着要回家，挨到下午，我大闹起来，姐姐没办法，只得带我回去。后来我再也没有在舅家住过。

外祖母家的瓜棚是两层，上边是用杨树枝搭的，很是凉快。西瓜地里长着高高的草，外婆跟我说，瓜地里长草可以藏西瓜。西瓜穰上每个瓜胎的叶子下均要压土，穰要掐头。刚长出的西瓜外边带着绒毛，一长大就光亮亮的，带着黑边，翠绿翠绿的。外婆要给大个儿的西瓜翻个儿，便于阳光照射，这样西瓜才能长得匀称、浑圆。

外婆那村的西瓜是方圆十里数得着的，沙土地出的西瓜是沙瓤，又沙又甜。只要是卖西瓜的，你随便一问，"哪的？"对方不管是不是沙坝口的，准说沙坝口的，有的还要带上正宗二字。这里还出产一种莴笋。莴笋又细又白，营养价值很高。在太阳出来之前，用铲子从土里挖出莴笋，不能等到出太阳时再去扒，那样笋就变绿了，也就不值钱了。沙土地也适宜花生生长，因此外祖母家年年也种花生。我对外祖母家种植的瓜果感兴趣，因为我家的农田属于黄泥土，黏性大，不适宜种植瓜果，只适宜种植粮食作物。

一个秋天，瓜罢园了，外祖母不用再看瓜了，母亲就把外祖母接到家中居住。外婆住了才一星期，说啥都要走。我拉着外婆的手，和母亲送了很远。外婆的手指上戴着顶针，手掌又粗又硬，涩涩的，那是常年干农活造成的。一到冬天，裂得都是口子，我便跟外婆捡苦楝子，用热水泡在脸盆里用来洗手。后来，外婆的病越来越重，到第二年春上，外婆去世了。埋外婆那年，我上小学三年级。那天，父亲让我到学校请了假，我和母亲去给外婆送殡。父亲嘱咐我，一定搀着母亲，避免母亲伤心过度。我答应着，始终跟着母亲，走在出殡的人群中。外婆不在后，母亲带我去舅家也少了。外婆周年祭时，母亲带我去给外婆烧纸。外婆的坟地在她们村子南头。

如今母亲也不在了，每每想起外婆，那微驼的背仿佛和母亲的重合。她们的面容也是那么相像，一想到此，忍不住泪水模糊了双眼。

2021 年 5 月于漯河市

光阴里的石围塘

　　石围塘像一道影子，静静地矗立在历史的碎片里。破旧斑驳的楼房，水泥片从外墙上一片一片地脱落，脱落着曾经的年华。大杂院里的楼房大约是20世纪80年代的建筑，在夜晚昏暗的光影里，到处都是旧的痕迹。灯光从窗户里射出来，淡黄的，闪在人的眼前。有好多窗户一片漆黑，许久没有打开过，也许窗户里边的人耐不住这里的冷清与寂寞，早搬到繁华的都市里去了吧。大杂院里的路并不宽，挤着三轮车、自行车、旧桌子、旧沙发。靠在墙角旮旯里的泡沫箱装着土，里边种着辣椒、茄子、大青菜，偶尔也有叫不出名的花。除了路，在大杂院人的眼里，便是闲地，石围塘的人怎么会容得土地的空闲呢？晚上难得有人出来，大杂院里充斥着人的味道和气息，飘散在空气里、窄路上，盘桓在院子里画出的棋盘上。角落里还有孩子白天玩过的气球和玩具，等着明天再成为他们手中的乐趣。

窄窄的横巷里，地上铺着青石板，高高低低、曲曲折折。巷子再窄，青石板下面总会有一条弯曲的水道通向一条或小或大的溪流、沟渠或河道，不用担心这里会有积水。石围塘的房子多建于民国，有着上百年的历史。村边上，准会有几户门前标着黄色的水位刻度的检测标志，那也许是几十年前、上百年前，暴雨创造的历史性水位。黄色是一种警示，提醒着石围塘的居民在暴雨天注意防涝。古宅的门前大都留着供人纳凉的条石，下面支着两块石头，或高或矮，或长或短，一切随其自然，因地制宜。石凳子大多出现在老宅的大门口，闲时供人歇息。

有一座坐北朝南的宅子，门框全部用条石包裹，至今保存完好。两扇大门是厚木制成的，门外两边的壁上，均有一列圆洞，左边每个洞里有一根活动的横木，连着外头一根倾斜的竖木，用手向中间拉动，右边圆洞里同样滑出横木，两边交叉在一起。闷热的夏天，里边的大门不用合上，只关上这道趟栊门，既通风又防盗。一扇门可以让你感到岭南地区人民的古老智慧。

宅子东边有一扇侧门，东南角的墙上开着一个方正的凹槽，里边供奉着土地，香炉里还有燃过的香茬。从小巷里穿过，家家户户门上斜插着一小捆艾草，预示着驱除蚊蝇，驱除鬼邪，保得一家平安。这一切让我像是回到了童年。那时中原农村家家有插艾的习俗，如今当地已很少有人挂艾了。而在遥远广东的偏僻村镇依然保留着古老的习俗，这让我看到了古代民间的文化和智慧。一切在历史细微的嬗变中传承，生生不息。一个民族，一个人，不能忘记历史。历史里有我们的过去，没有过去就不会有将来。有很多优秀的文化和习俗是需要我们很好地继承和传递的。优秀文化是我们的精神特质，人不能丢掉属于民族的特有属性。

广州是一座名副其实的水城，境内河流水系发达，大小河流众多，水域面积广阔，构成独特的岭南水系文化特色。岭南水乡有它秀美灵动的特质。石围塘的水是流动的，流动的水系像城市的血液，可以伸到每个角落，或窄或阔。从这里顺着一条河，不用走上多久，准会带你来到宽阔的珠江。江中有载货的轮船，或动或静。无意间到了石围塘码头，码头上停留着几艘货船。属于客轮的航班已经停运，岸边售票的大厅已经锁起。几十年前，上百年前，上千年前，这里或许人流如织。现在，只有风吹过岸边的榕树，宽阔的珠江水流湍急，带着从上游冲刷下来的红色泥土，流水滚滚地翻过。

不过，这里的植物从不会让偏僻的街角寂寞，总会让你看到惊艳的花朵、新鲜的蔬菜。随着风传来或淡或浓的花香，一切显得生命不息。五行里水生木，石围塘是水做的，不会少了植物，且品种繁多，生长旺盛。那晚来石围塘时，下着雨，雨滴很大，衣服一会儿就会淋湿。夜雨中的石围塘是另一种模样。河道两边的紫荆花繁盛期已过，树上还遗留着艳丽的花朵。在雨中，树的外层像是浮了桃色的胭脂，不免让人想到伶人粉面的腮，在路灯的光影里一闪一闪，跳跃着美艳的姿色。为了安全，村子里的榕树，树冠经常受到修剪。又粗又高的榕树，有的长在院墙的边上，有的长在院子里。石围塘的居民敬重榕树，世世代代跟榕树共生共存。走过一座桥，两边的水域里传来蛙声。如果是晴朗的夏夜，蛙声会响亮地穿破暗夜的封锁，在夜色里明媚地穿梭。蛙声是夏夜里的一场美声的合唱。

广州也是一座果城。沿着马路，顺着甬道，两旁种着又高又大的杧果树，在丰收时，挤挤压压，一串一串的。不过今年是疏果期，果实略显稀疏。杧果会在一阵风或一场雨后，又或是晴朗的日子，因了一种缘由，从高高的树冠上掉落，或落到地上，或落到人的头上，软软地击中，像是三姑娘王宝钏抛出的绣球，只是这次砸中的不是薛平贵，而是一千两百年后的浪子。王小姐的痴情千年不变。龙眼树、荔枝树随处可见。一株直直的木瓜树挺越至二楼的窗户，垂手可摘。南方的行道树，是绿化树，也是果树。

那天晚上跟王禹、成风约好去一趟石围塘车站，因雨未成。有一次因机缘终于拜访石围塘火车站。破旧的站台，也许与五十年前也相差不大。破旧的铁大门，也许曾经频繁开合，锃光瓦亮。时代在变迁，而石围塘未变，还是旧的模样，一切像是走迟的时光。过去的一段影子留在了石围塘，让那些怀旧的人感到时光的缓慢。在火车站一角看到了一株辣椒，叶子密密麻麻，怎么看也不是当年的新株。往年的辣椒棵居然沾了精灵，可以越冬吗？是我忘记了，岭南似乎没有冬天。穿过弯弯曲曲的窄巷，我在珠江边上见到了久违的石围塘客运站。门是关闭的，里边到处是又高又绿的植物。两层楼房里走出一个穿着工装的管理员，看了我一眼，又走进绿树葱葱的深处，只留下寂静的夕阳余晖慢慢地拉长。

石围塘火车站原是广三铁路的起点站。广三铁路由美国华美合兴公司承建，是中国最早的复线铁路。1901 年 11 月动工，1903 年建成通车，自石围塘经佛山至三水，全长 48.9 公里。其中从石围塘到佛山长 16.5 公里。该铁路建成时，以客运为主，每天平均运送旅客上万人，客运量占广东铁路客运量一半以上。1938 年，广州沦陷后，被日本侵略军拆毁。抗战胜利后修复，1945 年年底恢复运输。1992 年 3 月停办客运业务。至今保留办公楼、车站售票处、包裹托运处、候车室、站台等建筑。办公楼始建于 1905 年，是砖混结构的二层楼房，首层为母婴候车室，二楼为办公室。车站售票处也为砖混结构二层楼房；包裹托运处为砖木结构房屋；候车室为钢筋混凝土结构二层楼房；站台为钢架结构，锌铁瓦顶棚。该址对研究广州铁路发展史具有一定价值，2011 年 12 月，被列为广州市荔湾区登记保护文物单位。

历史融入岁月的烟尘中，作为历史现实的当代人，应牢记民族历经的屈辱，以及前人为了民族复兴而艰难前行的事迹。为了那份信念，我们在历史的烟尘中牢牢地接过民族复兴的使命，不负责任与担当，砥砺前行。

2022 年 6 月于广州市

过　年

前　奏

　　每年春节，都是回老家过年。我的老家在河南，一个很普通的村子，家里有老人、房屋和几亩田地。回老家过年，跟老人一起热闹热闹，见见村子里的邻舍，看看熟悉的脸，听听熟悉的声音，是一种对故乡的温故、回味和眷恋。

腊月二十三

　　"二十三，炕锅边儿"，是小年，真正意义的年就开始了。

母亲在前一天下午就开始和面，把上次蒸馒头留下的老面泡在碗里，那是天然的酵母，准备次日下午炕锅盔。晚上，母亲把和面盆放在蜂窝煤火上。火是封着的，余温则可以传递到盆里面，便于发酵。晨起的时候便能闻到一股酵酸的味道。腊月二十三下午，大嫂和姐姐烧锅、和面、擀面饼，饼跟平底的炕锅一般大。这时，母亲就赶我，"出去玩吧，灶火地方又小"。母亲其实是在警告我，少说话。春节喜庆，说话多有忌讳，有很多话是不可以随意说的。幼时的我，天生话多，毫无遮拦，问东问西。母亲还怕我弄坏了炊具。但每遇到此，大哥总会说岁岁（碎碎）平安。锅盔一出锅，小麦面粉的香味满院飘散。第一块饼是不能吃的，母亲把它放在堂屋当门的桌子上供着，更是不许我碰的。那锅盔一面焦黄，一面有高粱秆制作的锅排留下的纹痕，暄腾筋道，咬一口满嘴生香。

那时，村里流行认干娘。母亲勤劳、爱帮人，又是村里好多青年的红娘，所以腊月二十三下午来我家认母亲做干娘的有十好几个。母亲用红布和麻绳缝制脖项，让我到院子里放了鞭炮，每人把脖项戴到脖子上。老人们说，小孩认了干娘会长得泼，就是健康、少病少灾的意思吧。

腊月二十八

"二十八，把面发。"这日，母亲开始蒸过年吃的馒头、花卷、枣山、豆包和菜团子。馒头分三种，一种是圆的，上边点上红，用作祭品；一种是方方正正的杠子馍，顾名思义，这是吃了有力气的；一种里边是玉米面，外边是小麦面。那时麦子金贵不够吃，玉米面是主粮。其实还有一种红薯面蒸馍，黑黑的，母亲把它做成长条形。花卷是用葱花和油卷在馒头里，一层一层地翻出花来。豆包，馅是红薯跟煮熟的豇豆拌上白糖；菜包，馅是用胡萝卜、大葱、豆腐和粉条拌上调料。还有枣花，又叫枣山。姑娘出了门（出嫁），正月初二走亲戚要回给姑娘一个枣山，连回三年。母亲把蒸好的又大又圆的枣山放在堂屋当门的桌子上，一个是给出门的姐姐准备的，一个是留给家人春节时候吃的。腊月二十八要蒸上好几锅馒头，因为正月里不兴蒸馒头，要蒸够一个月吃的。过了春节，往往馒头都翘了皮，馏过后硬邦邦的，甚至会发了霉，但我们姊弟仨从没挑过食。有小麦面的馒头已经不错了，这是一年家里吃得最好的了。母亲后来常说，那时人傻，蒸那么多，家家如此。在缺吃少穿的年代，穷怕了。

"二十八，贴花花。"从合作社买来年画，用图钉钉在墙上，自是一番欣赏。入学后，便多买几张来，给要好的同学每人送去一张，自然对方也会回赠。年画大抵是明星照、古装仕女，以及梅兰竹菊图。父亲叫我贴春联，我用面粉打好糨糊，准备好笤帚，用笤帚把墙上的灰尘和往年的残纸清干净。贴完春联，小院虽旧，却是一派喜庆。

为年准备

腊月二十九，把买来的鸡、鱼洗净剁块，拌上盐、葱、鸡精等调料进行腌制。把买来的豆腐一半切块撒盐，一半捏碎拌上红萝卜丝、葱花、黄豆芽、面粉和鸡蛋。一切就绪，到下午开始支锅、倒油，炸鸡块、鱼块、豆腐片和丸子。灶火里油烟味、鱼腥味和各种香味混合着。

大年三十上午，母亲开始把前天用水煮过的萝卜片，以及猪肉、大葱、姜、芫荽用刀细细地剁碎，然后撒上盐、酱油、麻油和调料，拌匀，就开始包饺子了。这天要把晚上和大年初一吃的全包出来，晾在锅排上，晚上用笼布罩上。

除　夕

大年三十除旧。用竹竿绑上笤帚，清扫房梁、墙壁、墙角、床下，以及柜子、桌子靠墙的边角缝隙中的灰尘、蜘蛛网，还是老鼠掏出的土。清扫了房间，再去擦洗桌椅。

忙到下午五点钟，父亲拿出一沓烧纸，用手在上面象征性地抹印过，然后滑成扇形放入竹篮，还要放上鞭炮、点过红的馒头、煮过的方肉，去祖坟请过世的爷爷奶奶回家过年。每家坟地皆噼里啪啦地放起炮仗，夕阳的余晖里，弥漫着呛鼻的硝烟，甚是隆重。大的家族人多势众，更是排场。常年在外的人，即使不在村子里住，也要赶到坟地烧上纸钱。烧完纸，跪地叩头，然后嘴里叫着过世的老人的称谓，"跟我回家过年了"，走回家去，中间不许拐弯、串门。到家后，再放上一挂炮，说爷爷奶奶到家了。这样算是把过世的先祖请到了家，这时方可出去。

　　大年三十晚上吃饺子。母亲说，吃饺子是封闲人嘴，节里要多说吉祥话。捞的第一碗饺子带上汤，母亲在灶台、院里的水井、高树、堂屋当门、院子中间分别进行祷告仪式，期望来年神灵保佑，风调雨顺，庄稼丰收，小孩健康，百事顺利。刷洗完毕，锅、盆、桶是不能空的，预示来年丰衣足食。晚饭毕，做儿子的要到父母那团聚，老人给孙子孙女发压岁钱，儿女要给老人过年钱。晚上一家人热热闹闹，摆上糖果瓜子，准备好的下酒菜、地方老酒，小的端起酒杯，恭恭敬敬地向长辈敬酒，酒过三巡，开始说今年的收成、挣得的外快、小孩的学习、老人的身体，等等。屋内烧着炉子，暖洋洋的，开了的水壶盖子咕嘟咕嘟地响着，看着春晚，或《梨园春》擂台赛。送走了孩子们，开始守岁，也叫守福，家里比赛谁睡得晚。

　　到夜里十二点钟时，我从被窝里爬出来，拿出鞭炮和燃好的香烛，到院子里放炮迎春。家家户户的炮声此起彼伏。鸣炮代表辞旧迎新。还有精神的人，且聚去喝酒，或是打牌。春节了，东奔西跑忙碌了一年，也该是放松休息的时候了。

大年初一

大年初一，早起先放上一挂鞭炮。早饭是由男人来做。家里的女人平日里做饭忙家务，辛苦忙碌了一整年，睡个懒觉歇歇，预示着新的一年身体康健。早饭当然是下饺子，熬粉条猪肉白菜。饺子是现成的，猪肉是煮好的。结了婚分开家的小辈们，把捞起的第一碗饺子，上面盛上熬菜，让孩子们端着满满的一碗给爷爷奶奶送过去，一是拜年，二是表示尊老孝亲。爷爷奶奶接过饺子，是要回些在年里炸的鸡块鱼块，不能空碗的。然后爷爷奶奶给孙子孙女发压岁钱，小孩们拿着大红钞票，高高兴兴地回家去了。

吃过早饭，母亲开始拿出贡品、黄裱纸在院子当中祭天。接着又准备鞭炮、黄裱纸、贡品到村南祭庙烧香。祭庙是自发自愿的，家家均有一份，谁也不曾落下。大家陆陆续续地集中在大街当中，挎竹篮拿贡品的有五六户，其他家拿的是黄裱纸、鞭炮和香烛，多少各自随意，当然太少也是不好意思拿出手的。有两家大户人家，每年都在暗暗较劲，我拿一挂一万头的鞭炮，他定要拿两万头的，年年如此。大家见了也不道破，只有明眼的人在背地小声地议论。等人聚集的时候，老少爷们互相递烟问好，女人们聊聊家常，年轻的人逗着村里小孩，其乐融融。

人一聚齐，男女老少拿着鞭炮和贡品浩浩荡荡地出发了。五道庙，供奉着五道爷，说是庙，其实就是一片空地，因为庙早已被毁了。每年大年初一，举村老少皆来烧香，年年如此，从未间断。村民期望来年庄稼丰产，表达虔诚之心；妇女们摆放贡品，烧香磕头；男人们在大路上接起两排鞭炮，两端同时点燃，四下里火光电闪，硝烟弥漫，噼噼啪啪，响成一片。众人看着热烈闹腾的场面，愿炮声驱走所有的阴霾，心里燃起新的希望。结束后大家又回到街里，有的串门拜年，有的去找牌场，有的继续聊天，有的且聚了去喝茶饮酒，有的去到田间地头，有的进城或去公园游玩，或去购物，或去看电影。

午饭是有讲究的，要吃捞面，母亲称为吃钱串子，预示着新的一年多挣钱财。下午到日夕①要支锅炸麻叶。把芝麻和到面里，用小擀面杖擀成薄片，再用刀划成条块，放到油锅里炸，待颜色发黄时便可捞起。这说是叫过翻身年，去除晦气。因炸麻叶时，要用筷子在沸腾的油锅里翻麻叶，故称翻身。

下午没了事，对院里院外的树木进行修剪，便于来年旺长。近年来，院子里大多不再种树，一律用混凝土打平，显得干净卫生。

晚上，还是要吃饺子。吃过晚饭，叫上本家的哥、子侄小辈，一同说话喝酒。宇哥是本家老大，喝酒花样由他来定，要么翻牌比大小，要么划拳、猜宝。边喝边聊，聊去年干活的收入和今年的打算。本家的哥大都已上了年纪，不大饮酒，倒是小辈们，一个个血气方刚，毫不示弱。酒过三巡，有的喝得涨红了脸，有的开始大放厥词，谈理想壮志，有的则在一旁抽烟静听，喧腾到夜半时分方才散席。

母亲在炉子上煮着剔下的骨头、鸡头、鸡爪、鸡肝、鸡胗等，锅里冒着白色的蒸气，飘散着肉和大料混合的香味。

串亲戚

大年初二走亲戚。这天是很隆重的，出门前得精心穿戴一番，带上酒、肉、烟、面，东西都讲究双数，图个吉利。刚结了婚的，也是在初二去丈母娘家走亲戚。老亲戚就放在初三，譬如舅家。姑爷进了村子，有小一辈的青年小伙结成队，叫姑父，意思是拿个买糖钱，家家串收。中午姑姨姐也都来到，很是隆重，又是饮酒招待，且叫来本家的能说会喝又有威望的长辈陪客。晚上要么用收来的钱给村里播场电影，要么买来烟花，天一擦黑，就开始放。烟花飞出如流星，升至半空，打开如伞、似菊，惊艳动人，惹得小孩子兴奋地跑上房顶去看。

初四走新亲戚（没结婚的到对象家叫走新亲戚），由女方到男方家回礼。女方带来的礼品一般是不动的，且要在篮子里放上用红纸包的压岁钱。

到了初五，又叫破五，可以开始动剪刀，可以烤馍、泡馍。这些在初一到初四是不能做的。泡馍叫泡汤，预示不吉利。这天早上放上一挂炮，过了今天就意味着可以工作了。初六店铺开门营业，六六大顺，也是图个吉祥。有的等到初八开门营业，"八"

谐音"发"，意味发财。

有身体不好的，或春节在医院过年的，有"七不出门，八不回门"的说法，这也是图个顺利吧。

基本过了初八，村里面人就少了，该上班打工的，就出门开始新一年的征程了。

正月十五

正月十五，吃元宵，闹花灯，父母要请出门的姑娘回门看灯。看灯一般持续三天，从阴历正月十四就开始了。第一晚叫试灯，姑娘要买来元宵回娘家看望父母，是团圆的意思吧。

正月十五，各地均有放灯的习俗。回想幼时村里过元宵节，那时村里没通电，住的是矮矮的草屋，晚上在月亮地里，燃上一截红蜡烛捧在手里，满街地跑。有的人拿的是灶蜡，灶蜡的下边是一根细木棍，前端是染了红色的羊油，里边有一层厚的黄纸，便于成型和助燃。一到黄昏，母亲在大门口两边的门墩上、屋门口、井台上、灶台上、院里最粗的那棵梧桐树前都燃上蜡烛。一到街上，真有点"一曲笙歌春如海，千门灯火夜似昼"的味道。火烛盈盈，一片喜庆飘进人心。正月十五晚上，说来也怪，大多无风，有时落雪，老辈人称为"雪打灯"，预示来年会有好收成。雪落无声，大片大片的雪覆盖整个村落。穿着新棉袄，围着围巾，提着红棉纸灯笼，走在街巷里，一抹亮的红晕配上满世界的银白，蜡烛和雪互相映衬，有种别样的意境，又增添了一种年尾的趣味。

天要暗下的时候，母亲让我拿上蜡烛、火柴和鞭炮，到祖坟去放灯，把大年三十下午请到家的先人送回坟茔，也叫送灯，意思是年过完了。田埂里，一个家族一个家族的人簇拥到各家的祖坟茔地，放鞭，燃蜡，田地里一片一片的烛火，油蜡和硝的味道在夜色里弥漫。那烛光照亮了两个不同的世界，照亮了那去了的和生着的。这更多是一种祭奠和悼念吧。

接下来，便是提灯笼。灯笼都是各家大人做的，里边用细铁丝做支架，外面用棉纸糊起。孩子刚出门时都是一脸的神气，但免不了谁家的孩子不小心弄倒了蜡烛，灯笼纸便燃了，一群孩子手忙脚乱地去扑，末了那孩子便提溜着一个烧煳了的灯笼，哭丧着鼻子，垂头丧气地回家了，再没有刚出门时的那份神气和喜庆。再后来过元宵节，村里的合作社进了五颜六色的纸灯笼，煞是漂亮。小孩子们提着各式各样的灯笼走街串巷，争相比试。最有趣的还是二大爷家的五哥，带我去邻村看走马灯。走马灯又称麻灯，里边是用麻秆烘烤捏弯扎成的架子，外面糊上棉纸。走马灯是六棱形的，每个面上逐一用彩笔绘着精美的图案，有西天取经的唐僧、孙悟空、沙僧、猪八戒，还有白骨精和哪吒三太子。走马灯中间是一截粗蜡烛，蜡烛一燃，走马灯便自动转将起来。小孩子好奇那麻灯是怎么会转的，议论半天，谁也说不明白。只是那灯上的神话人物，不免让人浮想联翩，想着自己也变成那个神通广大的孙悟空，翻上一个筋斗就到了十万八千里外。

回到村头，大点儿的孩子组织小的玩"星星过月""捉迷藏""节节高"的游戏，累了便讲鬼故事。那时还是大集体，一群孩子在生产队的麦秸垛上掏几个洞，往里一钻，既松软又暖和。故事讲得有鼻子有眼，一个接一个，听得人毛骨悚然，但还是忍不住好奇。夜深了，大人看孩子野得久了，便高一声低一声地喊着自家孩子的小名，孩子就恋恋不舍地，大声哼哼着给自己壮胆，一溜烟似的逃回了家。跑的时候总感觉后面有脚步声，头也不敢回，偏偏那脚步的回声在寂静的夜里是那么清晰。

"去年元夜时，花市灯如昼。"记得我上初一那年正月十五夜，学校组织到县城去看灯会，各式各样的灯笼琳琅满目，"龙衔火树千重焰，鸡踏莲花万岁春。"人头攒动，络绎不绝，"谁家见月能闲坐？何处闻灯不看来？"满街的民间艺人打扮得花枝招展，擦着粉，穿着戏服，踩着高跷，划着旱船，打一把黄色盖伞。一个小丑路遇回门的小媳妇，左瞅右看，动作滑稽可笑，惹得人群中不时传来一阵一阵的笑声。再往前走是玩狮子的，耍双龙戏珠的，头上裹着红布，身上穿着黄色马褂，擂着大鼓，咚咚咚咚咚，随着鼓点，双龙便舞将起来，同时也舞动起了我光彩绚烂的少年时光。

成年后的正月十五，大都是漂泊异乡。走在街上，鞭炮声远近不一，此起彼伏，烟花绚丽多姿，在那如电炫目定格的一瞬，烟花开到极致，随后消散在茫茫的夜空。一切属于童年的有趣的年味悄悄地淡去，淡到让人悄悄地怀念。

注：

　　①日夕：鄢城孟庙一带的方言，意思是傍晚时分，日读作 rǒu。

2019 年春节于漯河市

花中四君子

梅

没见过梅，所以梅于我是远而淡的。

一次闲走，在山坡上，发现一处梅园。正值深秋，不见梅开。冬天的时候，便惦记着那片梅园。雪落的日子，想着梅是否要开了。种种原因，也只是想想罢了。

至春，不经意地在一处小院看到有梅，红叶，开着淡红的小花，上边赫然挂着梅的字牌。这算是初识。

梅算不上惊人的美艳。花色是红而浅的，花朵是小而圆的，却极有精神。花瓣皆尽了力地绽开，撑圆了一张张的小脸。远远地望去，淡的颜色，不甚惹人瞩目，却有一种挺的精神让人向上。

那像极了一双双的眼，极专注地，且带着些冷；像是蛇的眼，小而闪着精冷的光；又像是猫的眼，在暗的夜里晶亮；又像是孔雀的眼，带着傲的神气。

我想，梅是属阴性的吧！淡而且冷，高高地挺着，带着种极为振作的精神淡淡地开着。

我想，这便是梅了。

兰

君子兰在我的印象里一直是娇贵的，需要精心养护，而我的工作要到处漂泊，居无定所，不能天天侍弄，因此不大敢养。

大丫头五岁时，从租的房子搬到新居，从马路边顺便买来一盆吊兰。转眼已过去 15 年了，中间买来多种花草，不是枯萎就是根死，唯有它十多年来茁壮成长，绿意盎然。吊兰好养，生命力极强，只要有水、有土便会生长发芽，抽穗开花。花开过后，留下一簇一簇子棵，长着绿色的根须。将其引到一个特制的水瓶内，就会生出根来，然后用剪刀断开，移植到新盆内，浇上水，过上一周，也就活了过来。我乐此不疲，以至分养出三四盆来。吊兰也是分品种的。从邻居家移来一株金边吊兰，放在简易的花架上，给客厅增添了几分绿色和兰的味道。

一次去集贸市场看到一种兰，开着两串暗红的花，便问卖花的，方知是墨兰。墨兰幽静、凝重、淡雅，淡淡的馨香在幽暗中传递。墨兰生长得很慢，种植的第一年只抽出两片叶子，第二年又抽出四片叶子，叶子坚硬地向上挺着。静等第三年墨兰的变化。

兰花是草本植物，总感觉少了一种风骨。三年前，在北京房山区居住，室内养了一株吊兰，想着再养一株大的植物，净化室内的空气。到了花卉市场，却被一株翠兰给吸引住了。它的叶片窄而长，却极有韧性，含有很多的纤维，不像吊兰叶片一样容易折断，更见不得风吹。买来后，养在室内，整株翠兰挺拔、俊秀，叶片干净。理顺后，头部不断地抽出新叶，总给人带来生机。养了两年有余，整株植物呈圆形，叶片深绿。无事时，拿来毛巾，一片一片地擦拭灰尘。打理后的翠兰，叶片泛着亮亮的柔光，根部的茎又直又壮。整株翠兰像是龙尾，颇有龙的神韵和阳刚之气。后来搬家，舍不得扔掉它，便把它送给了一个爱干净的小伙，也许那株翠兰像小伙子一样具有蓬勃的朝气吧。

我练车的日子，有了更多的自由时间，就精心侍弄起家里的花来。家里的花草被妻养得不是枯萎就是掉叶子。我发现她经常让阳台上晾的衣服的水滴到花盆里，有时图方便，还将喝剩下的茶顺手倒入花盆。我明白有我在家花就精神、苗壮，我一出差花就枯萎的原因了。我多次跟她讲道理，浇花必须用干净的水才成，洗衣水里带着碱，花吸收不了，并且把土壤也碱化了，造成土壤的板结。如此一来，花咋会旺长，不死才怪。再者，浇花分时候，看土壤需不需要，还要看不同花的习性，需要时才浇，不需要时就不浇，否则水多了根就会腐烂。这些她全然不理会。我只好亲力亲为，在我的调理下，文竹、蚊子草、吊兰、玻璃翠、平安树、芦荟、幸福树均一派生机。

在客厅中间又养了一盆翠兰，颇为健壮；一盆四季兰，细瘦却有风骨。养花如伴友，冬天浇水时，都是在气温最高时用温水浇灌，一旦发现有病叶，立即剪除清理出去，喷杀毒液进行处理。

室内又见到了兰，怎么不使人喜爱呢？

竹

竹对我来说，是遥远的，很少出现在我的视野里，又带些神秘。生在北部中原，极少有机会见到竹。只是近年气温变暖，逐渐在马路旁、公园，或农村的庭院里，可以看到移植的竹。

第一次见竹，还是七八岁时，随父亲春节串亲戚，在一村头，见到一片竹园。是那种细且矮的竹，但在冬日漫天灰黄的季节，竹依然俊秀而青翠，童年的心里便是一阵稀奇。又二十多载不曾见竹，竹便留在了我的童年里。

后因工作来到川渝。川蜀多竹，房前屋后，竹丛随处可见。

川地多雨，多云，且气温高，属湿热气候，而又少风，适宜竹子生长。

川地的竹，多而密，又高又粗。印象最深的，当属重庆永川箕山的茶山竹海。驾车盘山而上，初见竹，是一丛一丛的，渐而成林。至顶，身入竹海，风起竹浪翻腾，密集的叶子形成一波一波的浪影，摇曳多姿。

有山，有竹，有风。空气干净透亮，叶枝繁茂碧翠，加上孔明的传奇，饮上一杯永川秀芽，不免生出一番避世的闲情。

中午，来到一户山里人家。听从朋友建议，要了野鸡炖竹荪蛋。竹荪蛋是我第一次听说，便生出几分好奇。跟朋友来到竹林里，小心地扒开地上覆盖的竹叶，陈年的竹叶里生出一种白色的球菌。将它放在锅里炖肉，极是鲜嫩，里边包着一股汁液，口感鲜美，营养价值又高。朋友说，只有到了这里才能吃上竹荪蛋。这也是我平生第一次见识和品尝竹荪蛋。

在北方开始种竹的时候，父亲也弄了几株竹子，栽在了大门对着的入口处，从那之后，老家的院子里便一年四季长着一片竹子。父亲爱这片竹，我也喜欢这片竹。

竹子的生命力极强，隔着厚厚的水泥，到来年的春上，硬生生地从地下拱出头来。眼见着刚冒出头，第二天竟然长到半人来高，三天就蹿出两三米来。竹的生命是如此执着和顽强。

竹子叶青、颈青，通体直、瘦、高。那种俊秀里不免流露一种剑气。我和父亲爱竹，均是喜欢它的那种剑气，彰显男儿气血的那股剑气。

菊

菊，在我的记忆里，是再寻常不过的，就像一件物什，放在门口或院子里的一个角落。

打小家里就种有菊花。起初是白菊，后来从亲戚家移来黄菊和红菊。年复一年，花叶干枯而不落。春天，根部又长出嫩芽，割去老枝，花叶绵软柔韧，菊香浓烈，用手触碰，手留余香，久而不散。

去年翻盖房子，在扒房子时，花盆尽成碎片。秋季时，新房盖起，单买的几盆菊花，分别是红菊、墨菊和白菊。花期至时，花朵肥厚硕大，惊艳动人，令人唏嘘！

前时，父亲病了，出院后住在姐家。昨天跟姐打电话，询问父亲的状况。姐说，父亲硬要回老家住几日再回来，他说要去看一个堂姑，又说家里的菊花该浇了。父亲一向固执，不听我和姐的劝阻。母亲在时，他也常不听母亲的劝阻，像是不听话的孩子，全拿他没法。其实，我懂得，父亲是想家了。他熟悉了一辈子的泥土、砖瓦、草木和邻舍，那里有着他的牵挂、人情和眷恋。人岁数大了，更是恋家。

菊花好养。随便放在一个盆或罐内，培上土，浇上水，就能顺顺当当从幼芽到开花，再到叶枯。菊花成了家的一个影子和陪伴。那股菊香，一年四季，从它的枝叶里，花丛里，泥土的根里，徐徐飘散，成了一种特别的家的气味，伴人入梦成眠。

　　今天，穿行于北京的街巷，突然嗅到一股槐花的馨香，隐隐约约，循着香味望去，就在不远处有株槐树花开正盛。突然，想到了家，和那菊。

2020 年 6 月于北京市丰台区

荷

残　荷

夏天的时候，看荷；秋天的时候，等一次机缘；冬天的时候，万木叶枯，水寒不可久近，却想着写你。荷，是美的，又净得出尘，不敢轻易去写。近日看到残荷二字，又已入冬，有些地方早已雪落无声，不免为荷所动。

水面之上，尽皆空荡，近岸处，留得三两枝，色褐形单。寒风起时，一片水波，连飞鸟也不肯栖息枝头。折落的叶，傲立的莲蓬，装点着单调的水面。寒风中的水，丝毫没有静下的意思，一波一波地由近向远，无穷无尽，轻轻地，乐此不疲。

残荷，显得突兀、形单影只。叶子收缩成喇叭状，从茎上垂下，不再听风听雨，只有沉默。

夕阳、水波、残荷、飞鸟、西风，足以让人沉迷。

有人说，残荷是寂寞的，惹人怜惜。寂寞，却也是一种定力，不免进入一种境界，一种有形而存在的意境。水天辽阔，何曾寂寞？不过少了些水草和颜色，少了些嘈杂和喧闹，多了些平静和思索。

残荷虽美，却不可让人久视。

荷且耐得住水寒，人却不能。谁又能解冬之荷呢？

残荷最能拨弄人的，是它的那番淡淡的禅意吧！

雨　　荷

初夏，带着小女一同看荷。不料却是阴天，快至莲花池时，落起雨来。

星星催我，"爸，回去吧，要淋雨了"。我告诉星星，看了便走。

来到池塘，墨绿的荷叶高高地挺着，形状如伞。初生的嫩叶，左右两片向里卷着，是淡淡的新绿。茎一律挺直，简约碧翠。荷叶大小、高低错落有致。池塘四围均是又高又密的垂柳，躲在树下既可避雨，又可看荷。

雨点溅在荷叶上，像珍珠一样滚动，停在荷叶的凹处。雨稍大，银珠四溅。雨打荷，砰然有声，别样壮观。

终于看到荷花，红的、白的，散开在碧叶丛中，出奇的干净。一朵朵的荷花，像一盏盏油灯，亮闪闪的，光艳夺目。花瓣质地厚实、纯净。嫩黄的花蕊，一根一根向外触着，娇艳动人。一支支荷箭，高高挑起，玉雕银刻般的珍稀。花、叶，交相辉映。滚落的雨声，像是清正的梵音，合成一片。

小女亦不再催我，看呆了一池荷花。

池塘边沿，一边浮着红的睡莲，一边挺着高高的芦苇，像是荷的陪衬，又像是荷的朋友。

小女嚷着要一枝荷花，我折来一枝，她欣喜若狂，甚是喜爱。

因在雨中，不便久留，匆然离去。

回想，那雨、那荷、那场梵音，大概也是一场因缘吧。

水　荷

幼时，村南有一深且阔的池。有人植荷，因水盛，荷在中央，只可远望。数年后，池竭水枯，绿荷荡然无存。

再见荷是在南方。六月时节，走在曲折的廊桥上，偶然遇到一池荷花，荷在左右，花开硕大如碗。整池荷花迎着有光的方向开放，像是一种朝拜的仪式。

看荷，只可在清晨、上午、傍晚时分，这是荷花开放的时间。夏日的午后、夜晚，荷花是闭合的。这像是一种修炼，一种养息，在蓄积力量和精力，为了下一次的精彩绽放。

　　站在水边，荷花群落会将各个阶段的状态都展现在你的面前，能让你从始至终看到荷花开谢的每个阶段。有打开一两片花瓣的，有全部开放的，有花瓣开始凋谢露出莲蓬的，还有独成莲蓬的。每个阶段有每个阶段的精彩，正如人的不同阶段。

　　荷花落水时，还是生动的样子，优雅而娴静地离开花萼，像是完成了一种使命，轻轻地泊在水上，如一叶小舟，开始了它又一次关于水上的旅程。终至何处？也许回归池底，也许飘至未知的彼岸。

　　荷因水而生，水是生命之源，水是最能懂荷的。一次在济南，也是傍晚，从趵突泉到五龙潭，又到大明湖，坐在湖旁，暑热在波浪荡漾的水汽中消解，荷在湖的边上高高地举着。泉水的出处，涓涓细流，清澈透明。荷的水性和净气是相染的。水成就了荷，荷很好地诠释了水。

　　荷总给人留下无穷的遐想。因它与水相伴，所以有灵性。

　　生于水，长于水，立于水，落于水，循环于水，以至于生生不息。

　　荷是干净的，日夜被水濯洗，所有的尘埃和灰烬都被水荡涤得干干净净。它只以净、直、通、美而示人。见荷能让人忘却烦扰。

　　如果驾一叶轻舟，在烟波浩渺的江上，在两边盛开着荷花的水域流连忘返，且吟着采莲曲，那歌声，会传得很远很远吧。

　　唐王昌龄《采莲曲》：

　　　　荷叶罗裙一色裁，

芙蓉向脸两边开。

乱入池中看不见，

闻歌始觉有人来。

佛　性

荷极易生存，无须谁去护理，有一方水，便会扎根，开出美丽的花，结出玲珑的果实。荷花开时，一片光芒，花苞、荷花、莲蓬在一方水池共同出现，代表着：过去、现在和未来。

荷虽平易，但它是自由的、随性的，不管流落哪里，孑然自生一段风流。

荷因水产生距离，非你我所能亲近，不论奸邪，还是君子，都有一段距离隔在那里。所以荷是清醒的、智慧的。

荷，距人虽远，但可以通人心智，从茎至根，纵然盘根错节，却是一通到底的。

有人说，荷是因水而净。荷却是由内到外，洁身自好的。

我面对荷时，不能不自惭形秽，反省自我。荷能见心，也能洗心。洗去人心的邪恶，方能见善，因善而仪容端方。故荷能教化于人。一切皆在润物细无声之中潜移默化，使人自我顿悟、自我教化。荷能净心。

由恶而善，故荷能渡人。

能渡人者，是荷。

能自渡者，是心性见荷。

谁说荷没有佛性呢？

我亦不懂佛，却能见佛，是荷之故。

并蒂莲

看荷终还是要去大的湖泊，或野外的河渠，方能领略和体会到荷的自然情趣。

一次跟孩子们，在一个晴朗的上午，去近山的池塘看荷。池塘一个连着一个，满眼望去，尽是绿荷叶。荷花点缀其间，新粉的、雅白的，一望无际，都像是刚刚盛开的，新启的。

一次去圆明园。出门时，天是阴的，下了公交车，竟然下起雨来，无处可躲，只得买把雨伞。到门口时，雨又止了，游客依然不少。顺着湖一路走去，荷叶遮天蔽日，高高低低，层层叠叠，尽是一片荷的世界，水都沉默了。天空不时地掉着雨点，荷本来就是水中仙子，雨中之荷，更有仙风。

荷，是看不厌的，一千朵荷有一千朵的好，个个风姿不俗，娇态万方。第一次见并蒂莲，高高大大的叶茎，强壮矫健，像是男人的臂膀。青青的颜面，透着健康和清爽。硕大、坚实，而又亲密的莲花，像是热恋中的情人，荷叶都遮不住。东一处，西一处，像是恋爱的季节。

在一片湖连着一片湖的漫滩上，卧着两只黑天鹅，长长的颈项托着高傲的头颅，一双晶亮的眼睛绝无旁视，悠闲、恬静，像是水中的贵族，优越而闲适。几只墨绿的野鸭，轻捷地钻入水里，在一个你意想不到的地方探出头。它们轻盈、机敏地，啄食着水中的鱼虾，钻来钻去。无论是酷暑，还是寒冬，总会在沉寂的单调里，从一片旷野的水面猛然地钻出油亮的生命，那就是野鸭。它们让人感知生命的无处不在和顽强，平添了几分生机和趣味。

如果说荷是水中仙子，带给人曼妙之形容，那么天鹅算是水中的皇室，它高贵典雅的气度，让凡夫俗子的我不得不叹为观止。野鸭总给人以灵动、振奋，以及蓬勃的生机。

在近岸的边缘看到有盛开的睡莲，安静，不事渲染，毫无争艳的欲望。睡莲安详、寂寞，而又笃定，静静地开着，一直亮到了人的心里。

晚　荷

夏天，在一个夕照的溪边，又一次见荷。溪里均是红荷，因光照微弱，花瓣逐渐收合，有些花还迟疑着，像是等一场约定。

从岸上走到溪边，看荷的有三两个，偶尔地一瞥，匆匆而去。乘凉的人逐渐地多了起来，走在荷叶挺挺荷香微薰的廊道上，感觉有识红颜的机遇。

傍晚，荷花倦了，颜色未改，像是藏起了一天的心事，犹豫着。鱼儿从荷丛里游过，啄食着水草，鱼尾发出击水的响声，河里溅动着水花，水面荡着纹路向四周扩散。

蛙躲在密密的荷丛里歌唱，低低的，一只两只，像是男低音的合唱，深沉、厚重，时近时远。

荷生在河的两边，中间是一条明亮的水路。站在拱桥上，能望好远，叶子簇拥，荷箭高挑，粉面的荷花在叶子中间幸福地含着，一切在夜色里开始朦胧。

月出来了，静静地，洒着皎洁的光。芦苇细瘦细瘦的，拥挤在河的一角，密密的，像荷叶一样的青色。一缕河风吹来，满河的荷叶一半墨绿一半霜白，轻轻地颤动着。

在有月光的夜里，荷安静地睡去，只有水潺潺地流着。荷花该是如禅般地定去了吧。谁又知道呢？

荷　韵

有几首关于荷的诗文，读来别有一番情致。如汉乐府《江南》：

江南可采莲，

莲叶何田田。

鱼戏莲叶间。

鱼戏莲叶东，

鱼戏莲叶西，

鱼戏莲叶南，

鱼戏莲叶北。

女子乘着舟船在湖中采莲，看到荷叶繁茂，鱼儿在水中忽隐忽现，游弋在荷丛之中，一会儿出现在荷叶东边，一会儿出现在荷叶西边，一会出现在荷叶南边，一会出现在荷叶北边。鱼儿俏皮灵动，富于情趣，一时间女子竟然忘却采莲，由此可以看出民间采莲女的喜悦和爱美之情。

宋代周敦颐的《爱莲说》脍炙人口。女词人李清照的《如梦令》："兴尽晚回舟，误入藕花深处。争渡，争渡，惊起一滩鸥鹭。"在天真烂漫的少女时光，初夏，常常在荷丛中划着小船游玩。天已很晚，因醉了酒找不到回家的路，误入莲花深处，惊起一滩白鹭。这种美好的情景常常浮现在女词人的脑海，表现无忧无虑的少女情怀。《双调忆王孙·赏荷》："秋已暮，红稀香少""莲子已成荷叶老"。这是晚秋时分，荷花稀少，均成莲蓬，荷叶见老。表现欣赏晚荷时的心情。

读诗人席慕蓉的《莲的心事》：我是一朵盛开的夏荷 / 多希望 / 你能看见现在的我 / 风霜还不曾来侵蚀 / 秋雨也未滴落 / 青涩的季节又已离我远去 / 我已亭亭 / 不忧 / 亦不惧 / 现在 / 正是 / 最

美丽的时刻／重门却已深锁／在芬芳的笑靥之后／谁人知我莲的心事／无缘的你啊／不是来得太早／就是太迟。诗里有着无尽缠绵的错失的遗憾，意境更为悠远。三十年后重读，依然让人爱不释卷，品味久远。

《白莲花》

十年前，偶然在网上听到豫剧沙河调名家安金凤老师的《白莲花》，其唱腔稳健、醇厚、古朴，吐字清晰，如绘如描。她的唱腔里融入了坠子的一些处理方法，顿挫有致，嗓音沙甜甘冽，犹如酷暑的西瓜，沙沙的，又如陈酿的老酒，醇香绵长，在不事喧哗中撞击人的心弦，唤醒受众内心对美的渴望。我第一次接触安金凤老师的唱腔和沙河调艺术，就为这美的唱腔给震惊了。

安金凤老师已然八十多岁，1954~1985年长期担任漯河市豫剧团团长。记得多年前，在郾城区新华书店看到老人家的录音带，那时还没听过她的唱腔只留了个印象。

豫剧《白莲花》中，"我家住在清水县""白凤莲站堂口阵阵好笑""绣花针入银龙""适才韩本到池畔""早年时两家爱好定下了亲""下山来与韩郎休戚与共"，皆为经典唱段，一一听来，只觉味道纯正，动人心弦，安金凤老师唱腔如莲。又听了她的《义烈风》（又名《斩庄鸿文》）、《女贞花》（又名《麻风女传奇》）、《湖州奇案》，唱腔醉人心扉，颇有大家风范。

从安金凤开始搜索其他沙河调名家的唱腔，发现我出生的这片淮河流域的土地上，甘甜清冽的沙澧河水孕育了一代又一代的沙河调表演艺术家。那种爽朗、激越、古朴，又不乏婉约、优美的梆子腔，就响彻在身旁。梁振起、刘法印、顾锡轩、曹彦章、燕守立、王琳、刘玉梅、李顺来、王清云、戚桂枝、唐喜成、张三旺等，一个个陌生而又熟悉的名字翩然眼前。陌生是因为过往的不知，熟悉是因被那久违而甘冽的唱腔，以及精湛的表演所折服。这么好的唱腔和艺术却鲜为人知，我感到深深的惋惜。研究戏曲成了我的一份业余爱好。因长期在外漂泊，也只有默默地祈祷、关注、了解着豫剧沙河调的唱腔和表演。在目前戏曲不景气的大环境下，沙河调的发展每况愈下，更显得艰难、曲折而道远。

当我了解到安金凤老师的唱腔面临着无人继承的尴尬局面时，内心很是着急。2014年3月28日，沙河调名家张三旺先生在漯河市政府领导的鼓励下成立了漯河市沙河调豫剧院，为收集、恢复沙河调剧目而努力。不想2018年9月12日下午3点，这位沙河调的领军人物因病仙逝，沙河调豫剧院也随之解散。

张三旺的过早离世，可以说是豫剧的一大损失，更是沙河调的重大损失。沙河调的振兴谈何容易？沙河调的大旗该如何重树？这给漯河市文艺界留下一个课题。

沙河调豫剧院解散后，一些沙河调剧目也随之被压在箱底。如安金凤老师的《白莲花》已经消失于舞台。更遗憾的是，于

2022年2月25日，一代沙河调名家安金凤也离世。

今天再次听张三旺老师的《黄鹤楼》，感觉其唱腔明亮又不失宽厚。他的戏是唱演并重。有人说河南戏旦角多，生角少，其实不尽然。豫剧五大流派分为祥符调、豫东调、西府调、沙河调和高调，其中沙河调就是以生角、将帅戏为主。张三旺的戏规范、明亮、厚重、阳刚。

令人可喜的是，漯河市豫剧团的陈首凯，自小跟随父母学艺，后拜沙河调名家刘法印为师，长期跟张三旺、张自力在一起演出，耳濡目染，默默地扛起了沙河调传承的大旗。郑州市豫剧院王雪鹏的《南阳关》唱得节奏分明、嗓音明亮，表演干净利落，沙河调味道纯正。还有漯河市豫剧团的青年演员贾传敬，其唱腔也颇有沙河调的韵味。期望沙河调能成为漯河市向外展示的一张文化名片，更期待着安金凤版本的《白莲花》有人复排，留住这好的艺术和唱腔。

又说《白莲花》

说到豫剧《白莲花》，不得不说豫剧名家桑振君先生，因她的弟子苗文华排演的两折桑派的《白莲花》在中央电视台11套播出后很受欢迎。桑派的《白莲花》跟安金凤的是两种风格。桑振君先生的《白莲花》俏丽、明亮、婉转、优美。我因苗文华开始关注桑派的唱腔。桑振君的唱腔也属沙河调。早期她在西华县长期演出，曾任许昌市豫剧团团长，她的艺术风格是在豫南形成的。她的老师刘玉梅是沙河调名家，1932年初进开封，也是最早进入开封的沙河调旦角。安和桑两位前辈的唱腔里有共同的一面，都融入了坠子的唱法。安的唱腔醇厚稳健，桑的唱腔字巧韵乖，都很美。这就是不同风格流派的魅力吧。桑振君的《白莲花》透着一种仙味，优雅而柔美。

《投衙》《对绣鞋》《下陈州》《打金枝》充分展现了桑派艺术的偷、闪、滑、抢，散紧有致，摇曳多姿。同时，桑派弟子苗文华所在的邯郸东风豫剧团，由桑派传人常俊丽担任院长的许昌桑派豫剧院，这两个剧团均有桑派《白莲花》的折子戏。近年来，许昌市豫剧团的青年演员路明琴排演了桑派全本的《白莲花》，效果很好，有桑老的神韵。

古　　莲

深深地埋在，
一个不为人知的角落，
任朝代更迭，
桑田变沧海。

我只是一粒种子，
一粒荷的种子，
深埋在地下。

带着苏翁笑的暖意，
带着易安女士的愁容倦姿，
醉后轻轻地一掷。
岁月一层泥土一层地叠积，
昏昏地眠去。

荡漾的水波，
倒映着夏夜的星河，
关于十里荷香，
和舟船里的夜歌，
淡然依稀。

不知过了多少世纪，
一个夏季的晨起，
古莲粲然开放。

错过了宋元明清，
盛开在和平的盛世，

洁白，

宛然如玉。

2020 年 1 月于漯河市

南方散记

我在水乡看到了秋

　　江南在格非的《人面桃花》里，在王旭峰的《茶人三部曲》里，在王安忆的《长恨歌》里，在张爱玲和叶兆言的民国小说里，在汪曾祺茶干一样浓缩的文字里，一嚼满是江南岁月的烟火。这一切好像都是虚幻。当我走进江南，才感到江南的实体。有冬天的冷，湿冷；有夏天的热，湿热。一切东西都有水，那水飘忽在生存空间里，人的影子和思想里。沾染着水的蒙蒙气息，在我的心思里游动，像泉眼一样冒泡、奔涌。

　　我看到一株乌桕，又一株的乌桕，在城市的广场，在郊野的沟沿，在人工种植的绿化带里。火红的乌桕是江南的秋天。那一树的红叶，像喝醉酒的贵妇，一切都是红色的颜面，成为我频频回头的留恋。在江南，从没有其他一种树这样让我惦念、品味和玩赏。乌桕在江南的绿植中成了一种独特的象征，在我的潜意识里存在。总会在某个节点感到一种深刻的意象，那种闪念至今让我捉摸不透，但又像火一样烤着我。乌桕燃烧了江南的秋天，在水汽腾腾的苍翠中脱颖而出。款款走来的是秋，是乌桕，是水乡的秋天。

一个雨天的午后，撑着伞，在一个陌生的城市里走。江南的雨，细细的，密密的。斜斜的风把雨飘进半个伞内，我穿的外套潮潮地腻着。上海的路被密织的河网分割切碎，自然地改变方向。我的视野里没了方向，我的方向感只存在于平原的故乡。顺着意识里能回宾馆的另一条路走，鬼使神差地走到两条河道交汇的一片半岛。半岛上一片绿植，沿河是一条步道。我身旁，一边是水，一边是树，各种树高低相接，在雨中挺立。路上只有我一个人在行走，雨沙沙地响着，林子里的鸟声混着雨声，不像是躲避，而像是一种休憩。百无聊赖的鸟鸣，是它们交流的一种方式，我似乎听懂了雨中的鸟，也生出了一分闲情逸致，散散地松弛着。上海的雨，下得有点闲。一只硕大的鸟，立在河沿的栏杆上，保持着静默姿态。我不忍打断它思考，停住脚步，在雨中望着它。白色的腹，灰色的头顶，背也是灰色的，又长又宽的喙和爪子都是橙黄色的。我看它时，它在看水，我走近时，它张开一尺宽的翅膀，从水面画了一个半圆逐渐向高处飞去，掠过一座桥，消失在楼丛里。我怅然地望着水墨色的天空，散而淡的云，像是洗过笔的墨在水中蔓延、扩散。我的衣服已经半湿。

傍晚，雨住了。我逆着河道向上走了一公里，河面约五十米宽，中间有四条河流注入。每走过一条注入的河流，上面的河道就收缩些，以至于过了四条河就窄成了十米宽。向西，最后一条注入河流——练祁河，紧邻着一条老街，地上铺着民国时期的石片，被车子轧得高低不平。两侧的建筑，早已老化得不成样子。左侧的宅子，都是一直通到水岸边的，有的两层，上边是矮矮的阁楼。街上很安静，灯装得也少，一片昏暗。林立的店铺，都是陈年喧嚣往事的注解。宅子十有八九成为荒宅，且年久失修，雨天大多会漏雨，不时有野猫从里边悄无声息地溜过。光绪八年（1882年）修的基督教堂善牧堂，门紧闭着，路过时，从门缝里飘出的陈腐味直呛人的鼻子。河道里的水是丰盈的，白白的流水泛着淡清的光影，水声潺潺。河上有高义桥和聚善桥，高高地拱起，桥洞跟水中的倒影构成了一个圆。聚善桥桥身为青石和花岗岩，上面雕刻着花纹。聚善桥建于洪武十三年（1380年），至今三次修缮，其中清朝咸丰年间是用花岗石嵌进去的。

西大街的中心有座护国寺，门关闭着，建于南朝梁天监年间。在我有限的知识里，上海是一座繁华不过百年的都市。来到了上海，在经年的古街里，才发现它的兴起是从南北朝就开始的，而且是那么纯粹，在哲学层面上跟另一座城市呼应着，都开始于梁朝。在我的感觉和历史的证据里同时存在、互相印证着的，是千年古刹护国寺。在历史的重创下，它现今淡出人们的视野，但它的经历和价值，曾浓墨重彩地书写在过往的云烟里，不会消散。

我终于明白了那秋，那一树红花的乌桕。

青果巷

青果巷，因水而生，因水而兴。青果巷的东边是南市河。南市河并不宽绰，宽处约三十米，窄处只十多米，河水清澈见底。夜晚时分，乘着月色和灯光，可以看到游鱼相奔，短有三寸，长有七八寸，暗影中清晰可见。两岸均用不规则石块垒砌，高低宽窄不尽相同，一切因势而就，妥帖自然。

南市河，是春秋时吴王夫差开凿的江南运河，比扬州的邗沟还早九年，是中国大运河最古老的河段之一，常州也因此成为交通枢纽。常州古称延陵，延陵城池"依运河而生，引运河而筑"，在城市扩张的过程中，运河也随着城池的不断扩大而多次向南改线，最终形成了"三河四城"的结构。在地图上看，延陵城仿佛是运河之眼。"运河之眼，一望千年"是对延陵城最为形象的诠释。

江南河道密集，纵横交错，给出行、货运集散带来便利。南市河舟船桨影，波光粼粼，延陵素有"三吴襟带之邦，百越舟车之会"之称，紧邻运河的青果巷，曾是南北果品集散地，万历年间又称千果巷。青果巷，亦是明清时的商业步行街，各种商贩聚

104

集于此，茶叶、小吃、丝绸、书画、瓷器尽有。青果巷东西长400米，南北长200米。如今远途有高速公路、铁路和航运线，短途有柏油马路，交通更为便捷灵活，水运自然没落。时光回溯到百年之前，河运对中国南方的经济、文化、居民生活影响甚大。

青果巷的建筑多为明清风格，硬山式砖木结构。整体上粉墙灰瓦，以石为基；地上或石或砖，趋河渐次平低，宜于排水；墙不露天，以瓦苫之。处处体现着简洁、有致，虚实相生，辗转曲折，同中有变，变中有同，令人赞叹。每一处院落，主次分明，长短有别，高低有序，宽窄相宜，从不喧宾夺主，或浓或淡，精细与简约搭配，处处显示着一种浓厚的人文情怀。

江南的建筑，是流动的、变化的，不同的角度有着不同的意味。戴家弄前街的门面，并不平齐，或凸或凹，转折延绵，长短不一，每一家都给人不一样的感觉，但粉墙灰瓦的颜色都是统一的。凸出的门面，给人以紧迫感；凹下的门面，让人感到悠然和敞亮。在紧与慢中，演奏着一种节奏、一种韵律。在一个完整的院落，门分大门、侧门、后门、耳门，有着不同的用途。不带门扇的大多为月洞门，体现着外方内圆的儒家气息。门窗大都是黑色，像是一样，又都不一样。窗，有开三扇的，有开四扇的，皆是榫卯结构。轻轻地开合，像是打开或关闭一段悠远的时光。岁月磨砺出了金子一样的色泽，既温暖又温馨。山墙，人字形的，露着简洁；几字形的，透着古雅；阶梯状的，显得高贵。总的规则是：最高处和镂空处，均要覆瓦，边上接上滴水，高处起脊，避免积雨。

房屋和墙头上的瓦，是灰黑的，墙面是平整洁白的，像是青年男子的颜面，黑发白面，透着俊秀与利落。

　　江南的建筑不仅美，更是先人居住智慧的结晶，充满着烟火气。一栋明清的古宅，张宅，至今仍然有人居住，只是不知里边是否为建造者的后人。江南的居民建筑处处透着一种讲究，一种传统。在至今使用的古宅里，我感到了它的实用价值。从近处看，需要通过长长的弄堂，窄窄的，行人足可以来回。连接的房屋不用担心会被隔断，上边搭着厚木条，修着过街楼。两边是墙，如果有人从上边经过，可以感受到脚踩楼板的声音。一切都在过往的岁月里传播，木板缓慢地震颤在漫照的日光里。通过弄堂，需经过一扇扇的木格窗子。墙是低的，窗也是低的，由窗户隔着的，私密的。低低的窗台，又把一切都拆开，响动都是清晰可闻的。一个转台，一个矮房，一小栋一小栋密集地连着，高低有序地搭配着，展示着不同的用途。窄窄的弄堂是逼仄的，两边的建筑上密布着大大小小的窗户和窗台，让人透不过气来。细细的弄堂里不见人，却飘着人的影子、声音和走动的模样。烟火气是民居的最终价值，一切都是水墨画里的烟火。

　　一个拐角，一个平阔处，在一个有声望大族的院落里，或大或小，总会有一个园林。江南园林的总体特点是：人文与自然、意象与林泉、文人与园林互为表里、处处充满诗意。从墙上镂空的窗户就能感知它的虚实——用灰白来勾勒浓淡，用门楼上高高挑起的夸张飞檐于平直方折中显出变化。园内的凉亭、太湖石、水、花、草、木，布置得当，有曲有直，有深有浅，疏密有致，从不让人感到拥挤、压抑和沉闷。树是不植大株类型的，讲究的是一分轻松、淡雅和疏朗。园林易于站坐赏观和休憩。明明是匠人和主人的巧思，又体现着道法自然的情趣。真正的园林，处处体现出人的闲、园的雅，一切皆融合于天地之间。石的怪，水的清，木的秀，花的艳，草的茂，情的温，无不体现文化空间的诗意。

青果巷人杰地灵，是常州的文脉之地。明清时期，从这先后走出103名进士和各行业名人，因此青果巷被称作"江南名士第一巷"。明朝文学家、心学学者、抗倭英雄唐顺之的故居也在其间，至今保存完好。青果巷中有明嘉靖二十年（1541年）为董绍、董士弘父子两进士修建的进士坊，还有开启中国现代音乐先河的赵元任，以及"汉语拼音之父"周有光等的故居。

河里的水白白的，泛着淡淡的清光，由上到下地流动。河道自然地盘旋弯曲，也是一段古韵。水跟两岸的民居是呼应的，搭配的。靠南市河的宅子，有的直接靠水而筑，有的留出一片空地，河沿修上栏杆，防止落水，可以坐人聊天。长的地段修上亭子、长廊，可以喝茶、纳凉、闲坐。南方的河是没有过渡的，岸就是上下齐齐的壁，壁里是水，不像北方的河，有河床、河沿、河滩、河堤，有着长长的过渡。南方的河，单看一段是一方水池，给人的感觉是亲近的。水存在于人的生活场景里，它不拒人于千里。人逐水而居，枕水而眠，人与水、天合一。水岸边，常有水台，可以洗衣洗菜，捕鱼捉虾，又可用作码头，停靠舟船。水是活的，默默流动，一切都显得干净，像是用水冲过似的。河上桥梁颇多，文亨桥紧邻篦箕巷，建于嘉靖二十七年（1548年）。星稀月朗之夜，三孔石桥，月影齐映，有"文亨穿月"之美誉。1987年运河拓宽，改移为东西向。篦箕巷早时专门售卖梳头工具，有红木的、檀木的、黄杨木的，长的、短的，琳琅满目。沿青果巷往东走有座中新桥，建于民国，桥顶面是用长近六米，宽半米的六条花岗岩石铺成，下面立着石柱，两侧坡道陈着条石，间隔铺上石块，是一座步桥。

青果巷和篦箕巷之间是明城墙，民国时还完整如初，如今只剩下残垣断壁，留下一座城门，成了市级文物保护单位，上面刻着"西瀛门"三字。该处是明初信国公汤和的驻军之地，城墙为汤和所修。本为旧城西营，因附近经常发生火灾，乃改"营"为"瀛"，取水克火之意。西瀛里有城墙阻隔，又缺乏消防设施，一旦起火，难以应对，所以民国时在城墙上开出一门，取名"西瀛门"。今天看到城楼遗迹，让人感叹岁月变幻。

南市河的北端，在元平桥处折了一个90°的弯，向东而去，为东市河。元平桥的北面是天宁禅寺，四周河水盘旋而过，隔出一方清净之地。天宁寺始建于贞观、永徽年间，距今有近1400年，规模宏大，保存完整，被誉为"东南第一丛林"。乾隆第三次下江南，写下御书"龙城象教"。庙宇内五百罗汉塑造得神情各异，像是看透了人世的种种悲喜。站在文殊殿侧，听诵经，有序、有节奏的颂咏，嗡嗡喋喋，伴着木鱼、鼓、铜铃，经声如潮，最紧要处，恍若莲花盛开，绚烂、光彩，撞击人心，高上云霄；低时延绵如丝，无孔不入，在不觉中让人忘却自我，浑然如"万缘脱去心无事，诸有空来性坦然"。1923 年 10 月，徐志摩写下《常州天宁寺闻礼忏声》，诗歌用阳光、云、风、驼铃、宇宙，从书写人生的痛与笑入手；第二节又回到鼓、钟、磬、木鱼的佛号里；第三节书写生命与宇宙的欢喜、伟大、庄严、寂灭和无疆，一切在和谐中静定。天宁寺的镇寺宝塔，高耸入云，巍峨壮观，不算地宫有 14 层。塔前有龙柱两根，塔角地面处均有一尊石像，朝向四面八方。四角处有四大天王的塑像，后面两边是两座六角亭。塔每层分八角，角上悬铃，在和风中叮叮当当，声如梵音。北宋曾有七层普照王塔，后毁于战火。2002 年 4 月兴建宝塔，6 年功成。坐落于天宁寺中轴线后方，为唐宋式楼阁，占地 2.7 万平方米，高 153.79 米，塔高为世界佛塔之最。用东阳木雕、扬州漆器、常州乱针绣、惠安石雕等手工艺，巧妙地诠释了大乘佛教的诸多教义，成为五方五佛之佛心。

东市河上有"椿桂坊""海棠居"的题词，笔墨中有着几分灵气，自然、秀雅，又不失朴真，流露出江南文人才子的风雅，少了那份匠气，多了一份飘逸。两岸的海棠正开。海棠是最有风韵的，远看显白，近看是粉，花苞是红的，像圆转的珠子，散成一片，开了的像一把把粉色的纸伞。木槿花蕊像蜜蜂腿似的，花团锦簇。山茶花红艳艳的，滴溜溜的圆。玉兰像硕大的宫灯，红的、雅白的，高高地挑着。梨花开得亮了半个天，净得出尘，远远望去，像飘下的云。坐在三月的阳光里，头顶上是一树粉花，蜜蜂和风在花枝中穿梭，蜜蜂低低地嗡嗡着，花瓣一片一片地，静静地落在水上、石座和地面上，落英缤纷。背阴里遗留着冬天的寒意，空气里还有着凉凉的气息，阳光暖暖地晒着。各种各样的花把江南的水都染出了颜色。

在东市河向南的转角处有一座九华禅寺，原名孙家庵，始建于万历十八年（1590年），咸丰年间毁于战火。到光绪十九年（1893年）重修。1980年江苏省委批复开放，住持传怡法师修缮，招收比丘尼，修持佛法。九华禅寺不同于天宁寺，院落虽小，却处处充满花草绿植。从一座寺院的兴衰，可以窥见社会的动荡与安定，也反映了当地民众对安居乐业、风调雨顺的祈求与渴望。佛有佛的事，俗世有俗世的事，佛求的是心安，俗世求的是世道安。世道不安？哪来的心安，这大概就是佛与俗世的关联吧。

九华禅寺东门对着高高拱起的飞虹桥，飞虹桥向南约300米为大运河。桥的对岸是东坡园。东坡园被南市河和大运河在东、南、西三面包围，临大运河边是延绵的山丘，修有碎石铺就的小道。园内有舣舟亭，位于南山之上，乾隆四次赐诗，御笔"玉屏风流"。园内有北宋丁未年（1007年）王树堂凿的香泉井，泉水香洌，东坡居此常饮井水。某日，东坡为赈饥事，赶到润州，途经常州，野宿通吴门外运河边，时值除夕之夜，写下《除夜野宿常州城外（二首）》。元丰二年（1079年），苏轼因"乌台诗案"被贬黄州。元丰七年（1084年），苏轼奉诏赴汝州就任，途中幼子夭折，加上去汝州路途遥远，资费已尽，苏轼上书朝廷，先到常州，获准。

南返时神宗驾崩，苏轼就在常州居住下来。苏轼一生颠沛流离，曾十一次来常，与常州渊源颇深。他在常州著文《喜雨亭记》："无麦无禾，岁且荐饥，狱讼繁兴，而盗贼滋炽。则吾与二三子，虽欲优游以乐于此亭，其可得耶？今天不遗斯民，始旱而赐之以雨。使吾与二三子得相与优游以乐于此亭者，皆雨之赐也。其又可忘耶？"从中可以读出苏轼忧国忧民的心切。南宋常州人为纪念他在此建亭。清初，亭荒毁。乾隆二十二年（1757年），乾隆二下江南时重修，太平天国时毁于战火，后长期荒芜。1954年重修，1984年为了恢复原亭面貌，常州政府对其进行重修。

东市河和南市河的南端均注入大运河。东市河的西部跟南市河的北部相连，整体上三条运河构成了一个圆。常州自古至今，兴于运河，依于运河，民众出入、用水、运输和农业灌溉皆依靠运河。公元前506年，伍子胥奉吴王命开凿胥河；公元前495年，吴王夫差下令开凿春秋运河；公元前473年，范蠡坐镇延陵，开凿南运河；战国时，春申君整治疏浚申浦河；元和五年（810年），孟简征集民工十五万修浚孟渎故渠直入长江；北宋天圣、庆历年间，知州李余庆主持开浚顾塘河；道光十五年（1835年），江苏巡抚林则徐开浚常州明运河。开渠浚渠者均名垂青史，永驻历代常州民众的心中。

站在南市河的南岸，观看对岸，眼前是一幅虚实相映的水乡画卷，只是我不是画中人。一片明朗的明清建筑群，是一片片的白，一层层的黑，一道道的绿，倒映在长长的河水里，亦梦亦幻，亦真亦实，竟不能言其妙来，不禁肃然噤言。

香樟树

最早见到香樟树是在天津的冬天。天津的冬天很冷，海河的冰上可以走人、骑摩托车，完全不用担心。在冰上凿一个圆形的洞，坐在凳子上，手里拎一截鱼线，把鱼钩放到水里，就可以钓鱼了。一排一排的钓鱼者，穿着又厚又大的棉袄，戴着帽子，围着围巾，像在操场上参加考试的孩子似的排列着。天津的风大，走在街上接电话，风会把手吹得生疼，尖溜溜的风带着哨子，嗖嗖地呼啸，根本就无法听清对方讲了什么，但是手已经麻了。天津的土质属于盐碱地，又干旱少雨，植物在这儿很难生存。香樟树能够成活，且满目苍翠，给这荒芜的海滨增添了不少姿色。那时我感到奇怪，问同事，"是不是槭树"，同事摇头，说不是，但也不知道是什么树。在很多年后，进了一次植物园方才知道，那是香樟树。

香樟树是南方的一种树，再早些时候北方几乎是看不到的。也许是气候变暖的缘故，如今在北方的城市，香樟树几乎成了一种很普遍的绿化树。

真正感受到香樟树魅力还是在湖南。在山沟里，在山坡上，密挤挤地生长着，呈现出一副自然状态。树干一律不高，且弯弯曲曲，很难看到一株直的，但是树冠又大又密，枝丫长长地带着弧度，那身姿、那形态，清秀得像是湘女。密林中跟香樟树形成鲜明对比的是马尾松，又细又高的树干，笔直而上，树冠很小，像是一位挺拔的军人。在山的平地上，单株的香樟树自成一道风景，又大又圆的树冠密不透风，在湘地的一切绿植中，"树王"的称号非它莫属。有的香樟树，从地上直接长出数个树身，各是各的向地生长，互应着。香樟树树干从上到下是又细又密的树鳞，远远地望去，像一条条正在爬行的灰色巨蛇，但整体呈现出龙的气势。香樟树的叶子，碧翠青葱，细小、坚硬、光滑、细腻，一年四季地绿，永远充满生机。香樟树带着一股芳香，百虫不侵，有一种中国士大夫洁身自好的品性。

香樟树的叶子其实也会落的，是在春天，新的叶子生了出来，旧的叶子才开始逐渐地脱落。脱落的时候还是像在树上一样，不黄不枯，细圆的叶子，沉甸甸地滑落，带着质感，带着光亮，一点儿也没有凄凉的悲痛，落得自然、安详。有的叶子变成全然的红色，像苍翠中的一枚红花。它们那种告别和新叶的出生，在不知不觉中进行，像是一种交接的仪式。这种不动声色的仪式，像极了一个朝代的更迭。公元960年北宋王朝的建立，结束了五代十国的分割局面。虽然当时北面有辽国，但是中国的大部分版图又一次走向了大一统。北宋的开国皇帝赵匡胤统一的过程不得不说是一次高超的政治艺术，兵不血刃，民不罢市，子民没有遭受战争之苦。这样的一种政权更迭不得不令人赞叹。

树于我来说，有种说不出的亲切和神秘感。我内心崇拜树，崇拜它的茂盛、生命力和蓬勃向上的精气神儿。每次走在街上，仰头欣赏叶的清秀、躯干的伟岸与健壮。

看到树，人的心也健康了。

那是自然的样子。

江　陵

"朝辞白帝彩云间，千里江陵一日还。"原不知李太白的七绝《早发白帝城》中的"江陵"在何地，到了荆州方才明白。绝句中出现两个地名：江陵、白帝城，一个在湖北荆州，一个在重庆的奉节，均属长江重镇。

第一次到荆州正是深秋，桂花金灿灿的挂满枝头，城墙外一片丹桂曲香，令人印象深刻。荆州是鱼米之乡。小柴鱼，肉质鲜嫩、筋道，撒上切碎了的青红椒，以及经过油炸的干椒，和上蒜末、姜末，自是鲜美；阳干鱼，是经过晾晒风干的鱼干，切块红烧后，吃起来咸香，质硬耐嚼，跟北方的腊月鱼口感类似。

东南角的水门，是旧城码头，可以通往长江，三国时，这里还是刘备入荆州的城门。从水门绕城墙西行，有一座高高的拱桥。过了护城河，一片古街闹市出现在眼前，三国人物的塑像和各种小吃间杂其中，呈现出一派小城的烟火人气。在荆州，总是很容易将时光推回到三国。上党梆子里有《大意失荆州》，京剧、秦腔、川剧、越调、曲剧中有《白帝城托孤》，这都是三国故事在民间的传播。

荆州是西蜀通往江汉平原的前沿和要塞，也是东吴通往江南的咽喉，具有重要的地理战略价值。正因如此，西蜀丢失荆州成为三国鼎立局面开始松动的标志。文学和艺术作品多把"失荆州"的理由归结为关羽的傲慢和大意，但东吴的野心、北魏的暗中勾结，决定了荆州必失的结局。荆州百姓始终崇敬关羽的忠义，一千多年来供奉关帝庙。

荆州的渊源远不止于三国。"禹划九州，始有荆州"，荆州建城历史长达三千多年。春秋时期，荆州成为楚国的政治中心。周朝封楚国君主于丹阳，国号为"荆"。楚成王将"荆"改为"楚"，并将荆州作为楚国国都。如今仍有"荆楚大地"的说法。公元前206年，秦亡项羽自立为西楚霸王，封共敖为临江王，以荆州为都。之后，东晋安帝、南齐和帝、梁元帝等都在此建都。荆州作为都城共有五百多年，但荆州作为古都的历史不大为人所知，这大概是因为关羽失荆州的故事在民间传播更盛吧。

荆州城始建于东汉，原为土城，南宋始建砖城，元初拆除，明初又建，明末被毁。现城墙为顺治三年（1646年）依旧基重建而成的，城门、敌台、垛堞等均保存较好。如果骑自行车，大约半个小时就可以绕城一周。在城墙里边有一条环道，外边也有一条环道，外环道外边是护城河。北部的护城河分为两道，东边宽若湖泊，南边和西边较窄。古时修建城墙是为了防御，其各种细节均体现了古人的智慧。在当今的和平年代，城墙作为古迹可以让我们铭记历史，护城河形成的湖泊则成了城市的一道风景。夏天，湖中莲花开放；秋天，白鹭啄草；冬天，野鸭相游。在护城河的堤堰上，有几处卡拉OK，10元人民币可以唱三首。初到荆州那晚我唱了三段戏曲，其中一段越调《收姜维》深深地吸引了观众。他们感叹中原戏曲的魅力，我则感到荆州人的好客与包容。

荆州不仅是一座古城，更是一座精神文明之城。在荆州，儒释道三种文化巧妙地共生着。关帝庙是对儒家忠、义、信思想的尊崇；荆州城西北的玄妙观，供奉道教的最高尊神；荆州城外的沙市区有座万寿宝塔，内藏有顶内珍藏着明朝毛太妃捶金手抄佛经。在这一体系里，儒家文化为主流。一座城，尤其是一座古城，都会有一种精神在支撑着它的发展与延续，哪怕历经千百次的战火，在战火退后的岁月里，那股精神总会浮现在人们的血脉里，一代一代艰难而顽强地传承不息。一个民族屹立不倒，外在靠的是一种不屈不挠的拼搏，内在靠的则是一种强大精神文脉的传承和支撑。

荆州的历史名人众多，其中以明朝首辅张居正最为人所熟知。张居正任内阁首辅十年，实行一系列改革措施，排除了内忧外患，缓解了社会矛盾，使明朝的江山得以延续。张居正力挽狂澜、锐意改新的精神给荆州文化注入新的活力，是儒家文化的延续。

如今的荆州是水、城、人与自然相处相生的生态之城。夜里月光朗照，秋风吹来，混杂着水和桂花香，时浓时淡，一直融入小城浓郁的夜色。桂花香一直飘到了护城河的水雾里。

2022 年 12 月于常州市

半城木香

　　江南的雨，是寻常的，又是短暂的，一盏茶的工夫，便烟消云散。满街的樟树，抽开新叶，密密匝匝，花开如米，蒙着淡淡的鹅黄，繁密如织。樟木花有种木质的馨香，纯正、淡雅而大方，在空气中弥漫，若浓若淡。樟树的树冠肥大而厚实，正面看像开屏的孔雀，多维度地看，大小高低不一的树杈所形成的椭圆，交织重叠，组合出一种意象和禅意，像是佛祖头上的肉髻。

　　有两株楝树，疏朗有致，花、枝和叶的数量都恰到好处。紫色的花，碎碎地开着。香气扑面而来，带着一种气息，源源不断、不绝如缕地传播。香气不是突如其来的，是温婉的。即使冬天，也不单调，满树的楝子，淡黄淡黄，是另一种气质。

　　第一次到南京，蜡梅正在湿冷的空气里绽放，金色的花朵浸满油脂，是半透明的。蜡梅积攒了一冬的勇气，并不喧哗，不事渲染。花小小的，稀疏地、倔强地开着，一股幽幽的香味，在寒气逼人的空气里飘散，荡漾着一种精神和希望。蜡梅的花瓣一律朝下，像一把把打开的纸伞，在油酥的雨街闪亮、晃动和飘浮，带着一抹动人的情愫。当地的一位老者，七十来岁，见我是外地人，主动地给我介绍南京城。老人指着宝城隧道的东壁，上面有一块菱形的平面，高约30厘米，宽约40厘米，用篆书刻着34个字：民国十五年八月二十九日余杭章炳麟、腾冲李根原、崇明徐兰墅同谒孝陵记于隧中。老人说："这是民国大儒章太炎刻上去的。"老人又用手指着明孝陵过道的墙壁下角说："你用手摸摸。"我的手触摸到湿腻的坚硬，原来石壁上因多年来的潮湿形成了一层石花。把手放在鼻翼下，满是陈年岁月的腐味，过往的历史就这样在鼻端飘散。

　　由朱元璋所建立的明王朝，传16帝，有276年。我一直困惑于强大的元朝是如何被明朝所替代的，一次偶然的机会，在盐城市中国海盐博物馆，我看到了一则讯息。元朝后期，朝政腐败，入不敷出，大量增发盐引，不断抬高盐价，使盐民生活无着，苦不堪言，终于引发了张士诚等盐商的暴动。盐商的暴动成了元朝走向崩溃的导火索。2008年，我用了一年的业余时间在图书馆内把明朝的历史从前到后地读了一遍，从心底里不喜欢这段历史。它的开端和繁盛处，都充满着内耗和血腥味。洪武十五年（1382年）由朱元璋创立的锦衣卫，可以逮捕任何人，包括皇亲贵戚，进行不公正的审讯。到了永乐十八年（1420年），明成祖迁都北平，改名为北京，并成立东厂。东厂的权力大于锦衣卫，可以不经过司法部门，随意缉拿臣民，宦官开始干政。明朝中后期，锦衣卫与东厂合并，成为"厂卫"。成化十三年（1477年）成立西厂，权力大于东厂，不必向皇帝奏请就可以逮捕朝中大臣，监狱和法庭混为一谈。大明的官员和子民整日惴惴不安，身家性命危在旦夕。

明朝最有作为的两位皇帝，一个是朱元璋，另一个是朱棣。两位对无辜百姓的杀戮达到了登峰造极的地步。洪武十三年（1380年），胡惟庸因"可能谋反"被处死，牵连的老百姓达三万多人。洪武二十六年（1393年），蓝玉因朱元璋的猜忌被处死，同时被斩杀的功臣宿将超过一万五千。滥杀导致建文帝时燕王朱棣带兵南下，朝中只能派出李景隆这样的庸才统帅三军，明政权陷入"无将可用"的尴尬境地。

朱棣为了巩固自己的帝位，将方孝孺凌迟处死，诛十族，被杀者有八百多。当时方孝孺的弟弟方孝友与方孝孺一同赴刑场，妻子郑氏及两个儿子中宪、中愈事先自缢身亡，两个女儿投秦淮河而死。朱棣的所为令人不齿，生活在那个时代的老百姓只有痛苦和压抑。大明的老百姓何来的自由与幸福？我倒是想到了那个带领盐民起义的张士诚，为人仗义疏财，乡亲遇到困难慷慨解囊，兵士达到百万之众，但后因奢侈骄纵，疏于政事，终被朱元璋打败。张士诚妻子刘氏，怀抱二子，在齐云楼下积柴，与张士诚诸姜登楼，自缢前令人纵火焚楼。张士诚被俘后，上吊而亡。张士诚不失为一代英雄豪杰。如果张士诚不骄逸，不改初心，在与朱元璋的对垒中获胜，大明的子民会是另一番境遇。张士诚死后，民间对他进行怀念，有诗为证："十庙钟山黯夕阳，一氓犹自祀张王，吴中花草怜焦土，海上风云忆故乡；霸略已销黄蔡叶，盐徒曾起白驹场，行人掬取春泉奠，疑带当年御酒香。"

在雨花台半山坡上有一坟冢，牌坊上刻着对联：十族殉忠天遗六氏，一抔埋血地接孝陵。横批：天地正气。墓碑上刻着：明方正学先生之墓。牌坊南侧为墓园神道，两侧设 12 块书画碑，依次雕刻"明代大儒""文学博士"等生平经历，直到"魂归雨花"。碑文有黄宗羲的"有明诸儒之首"，僧人道衍的"天下读书种子"，郭沫若的"方孝孺骨鲠千秋"等。明方孝孺墓修建记：建文四年，宁海方君孝儒殉难，其门人廖镛、廖铭、王稌冒死拣骸，潜瘗应天府聚宝门外梅冈。万历初，明神宗下诏昭雪。文学家汤显祖为其造墓、立碑、建祠。嗣后屡有毁建。咸丰年间，太平军与清军鏖战雨花台，墓碑祠遭严重破坏。同治五年修复方墓，代理两江总督李鸿章为墓碑题字。宣统三年，辛亥革命军与清军激战雨花台，墓再遭破坏。民国甲子修复，民国时期江苏省省长韩国钧撰对。民国丁丑，日军从雨花台方向攻击南京，方墓又一次遭严重破坏，只留下荒冢、残碑、颓坊。从戊寅始重修，历 5 年，值方殉难十个甲子，方告成功。

据说南梁天监六年（507 年），城南门外高座寺的云光法师常在此地设坛说法，感动上苍落花如雨，因此唐时将此地改名为雨花台。雨花台是南京城南的制高点，历来是兵家常争之地。建炎四年（1130年）四月金兀术带兵入侵建康，岳飞在牛首山夜令百人着黑衣混入金营，金兵惧惊，慌乱中自相攻击，乃败。1864年，太平军李秀成同清军曾国荃在此血战。1911年11月，辛亥革命女杰尹维峻在攻占雨花台战争中身先士卒，冲锋在前，奋勇厮杀，以光复南京。中华人民共和国成立后，在此建烈士陵园，纪念1927年后，国民党在此屠杀的共产党人和革命志士。雨花台是南京人的精神之地，跟紫金山遥相呼应。

初探玄武湖，正值深秋，天空微雨，暮色已深，菊花开得正浓，不觉融入暮色。黄菊，多层繁复，状若皇冠，晃晃如明，艳而不妖；红菊，瓣短且直，边缘收拢聚合，带着一个尖尖的角，向外张着，很是利落，威严而不拒人千里；白菊，纤尘不染，至为纯净，香气最浓，缠绵而不俗媚；黑菊，花冠硕大，肥美而健硕，在湿冷的寒意里巍然屹立，毫不退缩；青菊，在青黄中调和勾勒，给人一种清丽雅韵，干净地开着，像是姜夔的辞令，骚雅清空。看了南京的菊花，方知南京人爱菊、识菊。

玄武湖作为六朝时期的皇家园林，早就有植菊的历史。公元211年，菊花发展为宫廷饰品，成为帝王将相、王公贵族的观赏植物。金陵民间也种植菊花，赏菊蔚然成风。唐宋时，玄武湖的菊花誉满金陵，明清时甚至流传到海外。民国十七年（1928年），南京开始举办菊展。1947年，南京举办了第一届菊花大会。2001年10月26日，第七届中国菊花展在玄武湖开幕，这是中华人民共和国成立后南京首次举办全国菊展。玄武湖的菊花品类有六百多种。

王安石也爱菊，传世的菊花诗有六首。其中我尤爱读《残菊》：黄昏风雨打园林，残菊飘零满地金。撷得一枝犹好在，可怜公子惜花心。此诗应是王荆公在罢相后所作。黄昏时，盛开的菊花被风雨打得满地飘零，一副清冷的残局，无限凄凉。幸好我折的一枝菊花还好端端的，可怜我这一颗爱花的心。作者内心感受十分复杂，虽然退居民巷，内心因新法受到打击而低落，却依然心系国家朝政。由此看出，王安石不仅爱菊，更是爱国。王荆公在建康居住有二十年，青年时期在建康度过，又三次任知府，两度守孝、两度辞相后均居住于此。其父葬于牛首山，母亲和儿子葬于钟山。王安石晚年在半山园居住八年，后移居于秦淮河畔。那清癯的菊花，很有一代政治家和文学家王荆公的气质。

熙宁二年（1069年），在宋神宗的支持下，王安石发动了旨在改变北宋积贫积弱局面的"熙宁变法"，变法以财政富国和整治军务为中心，涉及政治、经济、军事、文化多个方面，无疑给北宋朝政注入了新的活力。变革大幅增加了财政收入，限制了高利贷者对农民的盘剥。但变法执行中因操之过急，不良官员执行偏颇，造成了负面的影响。变法本来就触动了官僚贵族利益，贪官以此说事，导致了新旧之争，旧党势力强大，变法阻力重重，最终流于破产。苏东坡应该是支持变法的，并非属于守旧派，但是他有自己的见解，主张以民为中心，稳步地徐徐图之。王安石以国家为中心，讲究全面、彻底、快捷、猛然推进，造成人才选拔仓促，一些势利小人乘虚而入，给新法带来了不可估量的损害，这也是苏东坡反对变法的直接原因。但是苏东坡并非全盘否定，对于变法中有利于老百姓的一面他是支持的，后来王安石罢相，守旧派司马光上台废止变法时，苏东坡对新法中利民的条款给予了强烈的支持。苏东坡不盲从变法，不站队，以事实为证，利国利民的变法他都支持。

元丰七年（1084年），47岁的苏东坡自黄州去汝州，路过建康，拜访了闲居的王安石。"王荆公野服乘驴，谒于舟次，东坡不冠而迎。"苏东坡此时，一则处于贬官，二则幼子苏遁夭折，心情沉郁。王安石此时，第二次罢相，面对朝中新旧之争，新法的推行阻力巨大，心情也是郁郁不欢。苏轼因"乌台诗案"被关押之际，王安石给宋神宗写了一封书信，其中有：岂有圣世而杀才士者乎？这才使苏轼免于一死。二人渡口相见，抛开政治上的恩怨，皆为谦谦君子，惺惺相惜。王安石把苏轼接到家中，共游钟山，诗文相酬，相谈甚欢。之后不到两年，王安石病逝于钟山，享年66岁。

苏轼与王安石面对宋神宗，进行新法辩论，苏轼以沉香譬喻新法。沉香生于南方，是树身遭遇伤痕经历多年方才形成的。树农为了早些得到沉香，便人为地割伤树身，这样就可以快速得到经济利益，但是这样所得的沉香品质低下。多年以后二人相遇，王安石从书柜中拿出当年苏轼送给他的沉香，物归原主。苏轼心中无限感慨，别是一番滋味。那缕沉香的味道久久弥漫在建康城的上空，在二人的心头盘旋，沉沉地氤氲，半城皆香。

秋叶与花

北京的秋，是短暂的，短得让人心碎；北京的秋，是美的，美得让人过目难忘；北京的秋，是多维的，说不完似的；北京的秋，是流动的，让人琢磨不透。一时间，不知从何缘起。冰心笔下的香山，闹中取静，去过的，感觉不过如此，显得有些单薄；郁达夫的秋，沉郁、凄美、惆怅。北京的秋，是知性的、成熟的，带着酒的味道，醇香绵长，又有着红酒的绵软、高贵和风雅。它的美，不是突如其来的，是渐进的、由浅入深的，是历经多年后，才沉淀出的魅力，与众不同。

说红叶是北京的秋天，一点儿也不为过。到了秋天，红叶随处可见，入了深秋，山坡、路边、围墙、树梢，甚至高速公路旁，红叶无处不在。壮阔时，如海洋一样翻飞，围墙一样林立，地毯一样延展；委婉时，如一条丝巾，绕上去，垂下来，又那么恬静、安娴，成为生命的装饰。柳树枝条密不透风，无风时，安静地垂着，

125

像翠玉的冰雕。几条藤悄悄地爬了上去，红色的，浓艳地搭配，藤成了树盛开的花，两者像是热烈的恋人，谁也离不开谁似的。

一片一片预红未红，又红又黄，在秋天的寒露里浸泡，正以她进入红色的各个状态，千姿百态地炫耀着。绿着的，红绿相间的，红黄交错的，嫣然都准备着进入全红状态。北京有它独有的地形，从平原到山地，海拔从几十米到两千多米；昼夜温差大，白天阳光斜射耀眼刺目，晚上却是寒凉如水，睡觉是要盖棉被的；过了夏，雨水见少。多方面的原因使植物内部的叶绿素急速减少或消失，花青素和类胡萝卜素增多，植物呈现出缤纷各异色彩，红色、黄色、橙色，一派绚丽。

不经意地抬头，山坳里一洼的叶子，红绿相染。秋天是写在叶子上的，那种自然的美，像一种过渡，惊不着人的。沿着石阶，一层一层爬上龙虎山，四十多分钟就达山顶。向东北望去，北京的全城尽收眼底；向西南望去，是延绵的山峦，在山谷间的坡峰上，红叶间杂。山顶之上，应该如我所愿，有一些历史的遗迹在等着吧。但是我看到的只是一堆破旧残缺的石块，断壁残垣，几根石柱，从石墙上面雕刻的文字看，以前这有一座寺庙，文字斑驳，年代似乎已经久远，多是明清所建。破旧的石碑静静地躺着，袒露在阳光之下，像一段匆匆岁月，被遗忘在山野的边角，任由风吹雨打。从龙虎山下来，在山脚下的坡面上，一丛枫叶，橙黄橙黄，像金子一样，一蓬蓬、一束束的，植株高高矮矮，连成一片。

白天穿梭于北京的大街小巷，一座又高又长的院墙，指定有一片或几株藤蔓，叶子尽红，给单调的水泥墙面增添了几分姿色。护城河的岸沿上，密密地爬满了红叶，只是有的地方红得彻底，像一道风吹过，均匀、一致；有的地方不懂风情似的，那么绿着。有一条大概五百米的短街，两边种满高树，夏季时，叶子密密实实，是不透风的；秋天，叶子变软、变薄、变稀，开始变黄。阳光从上面透下来，薄如蝉翼，金黄金黄的。风也显得凉了。前边的行人，稀疏的，三三两两，让人生出了莫名的惆怅。

红叶，给人的感觉是远远的，带着欣赏性质。红叶，红得醇厚而浓烈，没有那种突如其来的艳丽，带着点含蓄、矜持、典雅的气质。红叶，不是那种火样的，是驼红的，带着酒味，有着内涵的。

郊区的白杨树显得格外不同。在平原的白杨，秋风一来，绿叶就开始干枯，等不得发黄，叶子就坠落满地，枝头早已光秃秃的了。北京的白杨树林，不到最后一刻，叶子是不会落的。叶子由绿转黄，一片一片的，金灿灿的，真是满树金花。

有另一种颜色在静谧地绽放，银杏叶灿然一蓬金黄，高贵、干净而靓丽，像是红叶修炼后的一种仙化，带着灵气和柔美。

真正意义上的冬天到来了，是飘第一场雪的日子。杨树金黄的叶子不再哗哗作响。银杏叶子，也在最后一场秋风里簌簌落尽。银杏是树中贵族，落叶也是华丽而干净的，一堆的金黄。没几天，那堆金黄不知所终。柳树柔美，从春到秋，像是妖娆的狐仙，但还是招架不住冬天的寒冷。经过了一场雪，叶子开始绿黄相间，水分尽脱，好像再也经不起一场风波。

　　早晨和傍晚，凉气沁人，路旁的篱笆上，一串一串的牵牛花，艳丽地，净里净气地开着，像一串清亮的铃声，从耳尖轻轻地滑过。一片叶子，一个花朵，向上一层一层地，攀爬蔓延，像流动的跳跃的音符。郊区的路旁，牵牛花一簇一簇，像一匹花团锦簇的锦帛，又像是花旦的彩帔，漂亮，又不俗气。偏远的地方，成片的牵牛花匍匐前进，你拉着我，我牵着你，在诸多青草翠蔓上覆着，生长，花朵密集得像夜空里的繁星。红的、粉的，一点儿也看不出艳得过分，让人心疼；紫的，像是做旗袍的绒，优雅、厚重、矜持，又不失魅力；蓝的，如梦，像奇异的精灵，让人不敢触碰；白的，散散地开着，淡得像一抹云烟。还有那种颜色渐深渐浅的，让人感叹牵牛花是如此丰富。

　　山坳、山坡上不知名的矮株上，东一棵，西一棵，缠绕上去，迎来了它的第二个春天。一拉一溜儿，蓝的、红的、紫的，即使是同一种颜色，也开得各不相同。牵牛花开放有序，开合守时，每一次开放都神采奕奕，清新如初。

　　不用谁去照看，秋风一吹，花便开了。像如梦令的词牌，不让人惊异，只让人感到纯净、安详、成熟和美丽。北京的牵牛花，自由，无处不在，路边、地头、山里、村边，显得有些小家碧玉，有些乡野气息。它使北京的秋味，更为纯正和浓厚，又不失姿色。

　　天，一点一点地凉。牵牛花，一朵一朵地开。悄悄地，悄悄地，顺着墙壁攀缘，一直到窗台又到窗的制高点。每天清晨，都能发现一串美丽的绽放，像风铃，又像好奇的孩子，挤至窗前。

那天，我习惯性地看向窗台，竟未看到她的身影。谁把牵牛花像杂草一样清除了？心，一点一点地忧郁。透过一览无遗的窗，看到漫天的云，显得那么高，又那么远，既干净又空灵。一只大鸟，优雅地展着翅，向前飞。我想追过去看看它美的样子。直到，我走到马路上时，一下子看到那么多的牵牛花，簇拥着，浅的，深的，一直到贵妇样的紫。

一片一片的，白的、蓝的、粉的，斑斓着。秋，送给我们的是这么多的牵牛花，从一串，奢侈到漫天遍野，像是会说话的孩子，张着圆圆的嘴巴。

秋天的美是安静的，轻轻地来，又轻轻地去，多少年后还飘荡着秋的味道。

2016年写于北京房山区，发表于《奔流》杂志2022年第8期

山　趣

　　北京山里的秋天，也许更有情趣。北京西、北、东三面环山，北部是燕山山脉，西部是太行山山脉。东灵山、小海坨山、百草畔、百花山、南猴岭是北京的五大高峰，最高峰海拔超 2300 米，山地占总面积的三分之二多点。

　　跟朋友约好去一次山里，早晨很早就出发了，到下午两点多方到汽车终点站。前边的路不再通车，问去目的地还有多远，老乡告诉我还得走两小时。再走就无法当天返回县城了，便打消前行的念头，就在附近山里走一走好了。天空是纯正的蔚蓝，亮堂堂的，大团的白云显得距离很近，一点儿也不遥远。山路是崎岖、陡峭的，又高又大的核桃树，在山脚下，在转折的平台上，在平缓的山坳里，放眼尽是。我们用木棍敲打树上的核桃，成熟的从又厚又硬的皮里，落到地上。我们一边捡，一边用手攥着两个，用力挤压，外壳也就脆脆地破了，挑出里边的果仁放在嘴里嚼着，有股新核桃特有的甜香味。手上被核桃皮染成黑色，怎么也擦不掉，后来回到住处，打了数次肥皂，手上隐隐约约还有淡的痕迹。

北京西南山区，产有一种山核桃，皮厚，仁小。成熟后，把外皮清理干净，用刷子、纱布打磨，再用薄膜密封一段时间，渗出的油会形成一层酱衣，核桃油光锃亮，质地变硬，形成亮瓷，被称为"文核桃"。文核桃曾经风靡一时，一对大尺寸、样子一致的文核桃，能炒出惊人的价格。近年来日趋冷落，价格低回，往日盛况不再。如今，民间还有一批热衷者，专门收集、买卖和把玩文核桃，形成诸多大小不一的市场，养活了一大批闲人。

一次，路过密云水库，从山上的柏油路远远眺望，水汽渺渺，一片开阔。在岸边发现了又高又粗的板栗树。板栗外形很像是荔枝，每颗外边均包着带绒毛的绿壳，等用手摸了，才知道那外壳的坚硬和刺手，性格很是倔强。密云板栗，又叫毛栗，是北京特产，炒熟之后又沙又甜。据统计，密云有三四百年以上树龄的板栗树两百多株。

在北京山区路旁，常常看到细小的山枣树。一到秋季，上边缀满了又红又小的酸枣，成熟季节，飘出一股发酵后酒的味道。酸枣个小、皮厚、肉薄，有较高的营养和药用价值，可养肝、宁心、安神、敛汗。北京山里还有一种酸梨，个头儿普遍不大，成熟时，表皮发黄，有的呈现出一点微红的光泽，口感酸甜，有些发涩，是制作秋梨膏的优质原料，有化痰止喘的效用。秋天，一进入山区，很容易看到结满果子的酸梨树。

北京的郊野或山区，到秋天，最引人注目的当然是高高的柿子树。这里的柿子，个大，扁平，状若碾盘，一到成熟期，又软又甜，揭开皮，果肉稀软，口感甘甜，毫无涩感。从秋季一直长到冬季，树上始终挂果稠密，是吃不完的。如若长到院子里，这颇有一点儿大红灯笼高高挂的味道。北京的冬天又干又冷，晚上可以达到零下二十多度，柿子被冻成了一坨冰疙瘩。当地人称为"冻柿子"，吃起来又凉又甜。因天气太冷，我始终没敢尝试，看当地人吃得很是享受，真是一方水土养一方人。

柿子树，更像是一位邻居，可亲近的。又大又圆的红柿子，带着迷人的喜庆样，又像是麦后歇了的磨盘，让时光一下子倒回了几十年，打磨出了儿时的记忆。

去岳各庄驾校，有不近的路程。到路口转弯处，是平原与山地的交界，一个一个土石结构山包平地而起。路口有一村子，村口石碑上刻有"龙门口村"四字，感觉会有一些渊源，但村子不大，看起来并无什么特殊之处。

村子中间有一条小河蜿蜒而过，只是河水已枯。上端修建了一个水域阔大的水库，绿柳绕堤，波浪激滟，不觉走了进去。正是白剑兰花开时，红山楂绣满枝头，顺着山脚的小溪往里走，溪水愈来愈窄，人也越来越少。到了尽头，是一深水潭，碧透的泉水深不见底。上边有一个细细的泉眼，白水从石缝里汩汩淌出，泉眼上面的平台上雕塑着龙王的造型，石头上刻着"水之源"。我方明白，这就是水库和河流的源头。这是我第一次看到泉眼，感到既新奇又神圣，双手合十，做了叩拜。

沿石阶往上走，是一座观音庙，供奉着观音的塑像。寺庙不大，依山势而建，门口有一口大的水缸，上面盛开着洁白的莲花。莲花光洁耀眼，给窄小的寺庙增添了几分生气。再往上走，是一处更大的寺院，是龙王庙，右边一个露天平台，上面供奉的还是观音的雕像。沿着山路一直走上去，山上一共有四座寺院，年代久远。最高处的宝塔地宫内藏着一颗舍利子。塔建造于隋唐，历史上曾两次出现佛光，均有记载。

从龙门口村继续往里走，是皇后台村。该村历史悠久，一说是清朝成村，名皇后店；一说是隋炀帝到涿郡时，萧皇后在此筑避暑台，由此得村名；还有一说，村子北面有一座皇姑坟，坟成高台，村名由此而来（中华人民共和国成立前，该村叫皇姑台）。村口东部正是龙门口村水库的南端，地势逐渐高了上去，再往前是山峦，中间的平缓地带，有一座甚是气派的坟茔，四根华表保存完好。华表后边是墓地，前边是一对石狮子和墓碑，墓碑上镌刻着"伊桑阿之墓"。伊桑阿，是清代文华殿大学士，寿六十六岁。墓地建于康熙四十二年（1703年），占地七千五百平方米，规模庞大，均是用上等青白石料建造。一个朴素偏僻的山村里，却有着这样一座显赫的古代大臣之墓，令人吃惊。葬伊桑阿的人大概也是看中了这里藏纳地气的好风水吧。它给北京的秋色平添了几分苍凉和凝重。

2018年于北京市房山区

市井烟火里的石围塘

　　石围塘的傍晚是喧闹的、闲适的、烟火气的。有幸经历了一次石围塘的傍晚，不可否认，石围塘的傍晚是美丽的。与朋友约定晚上六点半聚会，因手头的事情进行得顺利，下午五点多就到了石围塘。石围塘的白天跟夜晚是不一样的。夜晚的石围塘浸在又稠又浓的黑色咖啡里，一切都变得神秘和不可测。白天的石围塘是亲切的、真实的、明媚的，没有大城市里的喧哗和浮华，有的是生活中的平凡、细琐和浪花。

　　石围塘依秀水河而建，数条支流，叮叮咚咚蜿蜒而来，使石围塘整体上像一只多腿的蜈蚣。秀水河并不宽阔，宽仅三十米，支流更为细小。石围塘虽小，但河流纵横。石围塘是流动的，带着水韵，处处显得狭小紧凑，又因地制宜，一切自然协调，浑然天成。这里居住人口有五万余。有南方茶叶市场和岭南花卉市场，是岭南茶叶和花卉的集散地。

秀水河两岸尽是又高又大的榕树，有的榕树树龄有上百年了，需两三人方能合抱。榕树喜欢温暖、潮湿的地方。榕树的树身均呈不规则状，凸凸凹凹，跟北方的又高又直的榆杨截然不同。树身一般不高，但极其粗壮，树杈繁多，形成又大又圆的树冠，密不透风，再毒辣的阳光也被遮挡在外，树下一片荫凉。从叶子上看，大叶榕的枝条比较简单明朗，叶子也相应稀疏，我想大叶榕树是属阳性的。另一种细叶榕，则是阴柔的，具母性的。它的叶子密密麻麻，如繁复攀织的密网，层层叠叠，遮天蔽日。从枝条上垂下来褐色的须根，一旦垂到地面，便扎入泥土，生出许许多多新的躯干；那些靠近老干的根须，一旦触到主干，便依附过去，贴着树身又长出新的部分。这也是榕树树身不规则的一个原因。细叶榕有极强的再生和新生能力，即使主干被岁月侵蚀掏空，一样能通过新生的躯干汲取养分，使生命延续，蓬勃生长。榕树与生俱来的顽强生命力令人叹服。第一次见到榕树，是在广州夜晚的一条河边，我好奇地用手触摸下垂的根须，硬实实的。一个遛弯儿的广东人给我讲述，榕树在广东号称不死之树。榕树的新躯干以惊人的生长繁殖力形成的那种荫凉，以及躯干上的空穴，无不投射出一种神秘奇异的力量。当地人在祈愿时，用一条红布拴在低垂的榕树枝上，希望能带来好运、平安和健康。

榕树的内侧种植着紫荆花树。紫荆花树没有榕树高大，有些生着叶子，有些不见叶子，但见繁盛的紫荆花，在傍晚微风的吹拂中，艳若红桃。在我的印象里，紫荆花好像是一种草本植物，开着细小的艳花。后来朋友告诉我，紫荆花不是单指一种植物，它是一个品类，有很多种。北方的花都是种在花盆里、园子里，紫荆花却是以树的形式种在道旁，它大气又不失妖艳。第一次见紫荆花，我就被它的美艳震惊了。

五点多钟，正是学生放学的时候，孩子们三五成群，有说有笑，走着打闹着，开着玩笑，经过大人时，刻意地压低声音收敛着，稍一走远便又毫无顾忌地放高了声音。几个孩子坐在铁道上，聊着天，夕阳照在脸上，显出天真的稚气。有的孩子骑着车子，互相追逐着嬉闹，跨过铁路桥时，自行车碾过铺设的枕木，发出咣当咣当的声音，震颤在秀水河面上，形成别样的烟火人生。铁道白天火车很少，等到夜晚十一半时，火车方才鸣着笛，晃晃悠悠地驶来。寂寞了一整天的铁轨，雪亮的轨道沉没在浓黑的夜色里，在火车射来的灯光里，短暂地放出光亮，随即又消失在暗夜的空气里。

在河堤的一角，有一对中年夫妻，将一辆自制的带有玻璃柜的三轮车停在路旁，地上放着两个笼子，笼里装着活蹦乱跳的三黄鸡、柴鸡，有红毛的公鸡、黄毛的母鸡。有两个顾客过来，中年男子开始展示十八般武艺，现场宰鸡。顾客是一个中年女子和一个上了岁数的女人，都静静地站着，观赏着宰鸡的过程，一点儿也不着急。

迎面走过来三个男人，两个中年人、一个十六七岁的少年。他们一路上走着说着，饶有兴致，商谈着晚餐和酒菜。一个说弄一条鱼来，另一个说秀水河里随便就可以钓一条来，再一个说这里的鱼又不贵。三个人走着说着，顺着一条仅有三米宽的支流岔道走下去了，远远地还能听到他们商谈的声音。

刚到秀水河，见一个年轻的女子骑着一辆电动车，停在路旁，一会儿接了一个电话，骑着车子向前走了一段，在路边又停下来，像是在等一个人，不时地往前张望着。过了有十分钟，一辆灰色的轿车停在河堤上，女子看到车，骑着车子迎了过去。车上下来一个男人，手里掂着钥匙，坐上女子的电动车，双手熟练地搂上女子的腰，那女子骑着电动车，两人便消失在了拐角的暗影里。

晚上，约定好的朋友悉数到场。我跟王禹聊得最多的是广东戏曲。粤剧主要分布在粤、港、澳、桂等地。咸丰年间，粤剧艺人李文茂率红船子弟，头扎红巾，响应太平天国起义反清，这是世界戏剧史上史无前例的一页。20世纪50年代，马师曾、红线女进京演出粤剧《搜书院》，获得国家领导人及北京艺术界的普遍称赞。起初的粤剧采用中州韵，逐渐跟粤语结合后，用广东方言韵。粤剧以板腔体为主，曲牌体为辅，灵活多变，旋律优美，被周恩来总理誉为"南国红豆"。广州有一座粤剧博物馆，里边分展览馆、水榭楼台等几个部分。博物馆外边是一条小溪，淙淙环绕流过，处处显露着南方园林的精雅，搭配水的流动和活性，显示出天籁音律。粤剧博物馆是可以刷身份证自由出入的，无须购票，这显示出了广东对传统戏曲艺术的开放姿态。粤剧最早以武戏为主，主要活跃在乡镇，随着戏班转向城市，增加了文戏和唱腔，行当上生旦净丑齐全。从"四功五法"上看，文戏、武戏均得到发展，在表演上有"踩跷""耍牙""喷火""踩沙煲""呕真血"的绝技。粤剧在近代形成了五大流派，分别是"粤剧伶王""万能泰斗"的"薛派"（薛觉先）、"马派"（马师曾，善演丑生、小生、小武、花脸、须生）、"红派"（红线女）、"罗派"（罗品超）和"白派"（白驹荣）。在目前戏曲发展不景气的情形下，2019 年曾小敏主演的粤剧电影《白蛇传·情》，以飘逸、抒情、柔美、青春的古风，用独有的唱腔、细腻精彩的表演、靓丽的装束扮相，征服了观众，尤其是许多年轻的观众。传统戏曲开始进入年轻观众的视野，为粤剧的发展注入了新的血液。戏曲是需要传承和培养的，包括演员、剧目、功法，也包括观众。

王禹跟我讲了粤剧传承的一个真实、凄美、动人的故事。2009 年，粤剧花旦演员小莹的师傅阿峰患病去世，小莹为此殉情，让人唏嘘。小莹在认识师傅前，对戏曲一无所知，从打檀板开始到学习唱腔、表演，是阿峰一字一句、一招一式把小莹教出来的。阿峰患上绝症，过早地离开人世，小莹不愿接受这突如其来的打击，为艺术和报恩殉情而去，让人无尽地惋惜。

餐毕，我们来到五眼桥，听秀水河的流水，看石围塘的淡月。石围塘的一切都显得遥远、安静和充实。

秀水河里有一声淡淡的叹息，飘散在浓郁的夜色里，也飘进了人的心里，像河面上笼起的水汽，淡淡地消散。

2022 年 8 月于广州市

四十说

　　时间过得飞快，从三十岁到四十岁，感觉没有多久就过去了。四十岁的时候，好像还是站在三十几岁的门槛上，可是，门铃却提醒你"四十，四十"。岁月，岁月如此匆匆。

　　匆忙的人呀，三十岁的时候，头发还是黑黢黢的，身材还是挺拔的，眼角还不曾有鱼尾纹。四十岁，面貌大迁，白头发如夜空的星星，一颗，两颗，渐长渐多。开始还有拔掉的念头，后来头顶上的头发掉得厉害，干脆做个艺术家，不再理它，让它自然发展吧。四十岁，青春的尾巴像条影子，不见了，身体开始发福逐渐臃肿得不成样子。四十岁，皮肤不再光滑，像是一条发皱的绸缎，怎么用手去抚，也还原不了流水般的青葱。四十岁，再也比不得三十岁。四十岁的人望着二十岁的人，仿佛看见了二十年前的自己。前者体验了后者两倍的人生啊。

　　岁月催人老。孩辈们一茬一茬，像雨后的竹笋，噌噌地往上蹿，

139

大点儿的高出你半头有余，小点儿的也高到腰了。岁月，让人喜，喜的是小孩子健康活泼地长大了；岁月，让人忧，忧的是我们已不再年轻。青丝白发，像历史一样，无法更改那史料、那年代。

　　父辈们，年事已高，身体像一部旧车子，到处都是大大小小的毛病。父亲母亲，都不是当年的模样。每一次回老家，为父亲母亲打扫房间的卫生时，我会自问：人为什么会变老？这是一个无须回答的话题，有一种独独的悲凉从心而起。父亲母亲，做孩子的真不够资格，您老了还不能守在身边，内心总有深深的愧疚。每次回家，我都用心地把屋子和院子细细地清扫一遍，然后端来一盆清水，用抹布把桌子、椅子擦拭一遍，默默地跟父亲和母亲坐着。我知道，父母像小时候我们依恋他们一样地依恋着我们。父亲近年来开始耳背，说什么话都得费很大的劲，重复好几回他才听得清。母亲因脑梗后遗症，话说着说着就听不太清了。每次给母亲打电话，我问母亲的第一句话就是："妈，这几天感觉身体怎么样？"母亲总是说："老样子了，还是那样。"我不忍再说下去，有时真的控制不住，喉咙就哽了。每次回家，我得看母亲吃的药每样还有多少片，还能吃几天，计划买多少天的。问母亲某种药吃后有什么不良的反应，再到医院询问大夫怎样调配药方。以前很多人不理解我为啥要买那么多的药，现在他们一个一个都熟悉和理解了——年龄不饶人。父母是我们兄弟姐妹团聚在一起最重要的理由。尽管各自有各自的家庭和儿女，父母仍是一个家庭的精神支柱，是兄弟姐妹之间的桥梁。

四十岁，是一个上有老下有小的年龄，在家，是顶梁柱，在单位和社会，是中坚力量。四十岁，好像再没有属于自己的时间，为工作，为老人、孩子的健康和生活而奔波。四十岁的人像一个旋转的陀螺。孩子从幼儿园到小学，从小学到初中，从初中到高中，从高中到大学，从大学到实习参加工作；老人的健康，疾病的调治；生活上方方面面的照管，等等，都让四十岁的人忙得团团转。在诸事间穿梭、忙碌，虽然劳碌，静下来的时候，才感觉自己对于他们是那么重要，正如他们对于自己是那么重要，我们都不曾孤单。我为这种忙碌感到一种义不容辞的责任和幸福。四十岁，看生活更实际，也更现实。诗歌留给了年少，小说留给了青春，到了不惑的年龄，除了工作，生活更像一篇或长或短的散文，没有矫饰，有着白开水和旷野一样淡淡的自然味道。

　　四十岁，开始懂得去倾听不同人的心声，了解他们的内心世界是多么的丰富和广阔。渐渐地喜欢听一些嘱咐和唠叨，从那唠叨中读出一种为人父母期望后辈进步的殷切之心。那语言是老人家积累一生的经验，沉淀、磨砺的精华。一个每天孜孜工作与生活的中年人，在那唠叨中反省，"我还有哪些地方不成熟，我还有哪些该做到而没有做到的事情"，在生活与工作中开始暗暗地努力。学着用一种包容的人生观，去融入家庭和社会，去成就你的妻儿、同事和朋友，你会在此之中享受到家庭的和睦、社会的和谐、同事的互相理解、朋友的互相支持，你会发现世界真奇妙，生活有苦、有痛，也有喜、有乐。

四十岁，我还有许多东西需要去学习。在这个日趋多变的世界，每天都有许多新知识和新生事物出现，我不得不边走、边看、边学。这样又有什么不好？保持学习会让你不落伍于时代，要不然你会真正地走向衰老。

四十岁，教育好子女是一个重大的课题。我们要给孩子一颗善良的心，培养他正确的人生观，同时避免让他受到社会的伤害，鼓励他学着去积极地学习、优质地生活和融入这个社会，培养孩子的适应能力，让孩子懂得感恩和回报社会、父母。

在繁忙的工作与生活琐事间穿梭，也要挤出时间，给自己的心灵留一份空间、一份自由。如果到了四十岁，还没有什么兴趣和爱好，那么你就要开始去留意培养。它会让你放松紧张的身体和心理，要不然，我们会感到肉体和精神上的疲惫。一次跟姐夫通电话，他告诉我，他最近整夜地睡不着觉，我告诉他，心里不要有太大压力，不要有过高的奢求，追求实际和现实的东西，没事时找人谈谈心、聊聊天，放松自己的心情。到了四十岁，我们要懂得生活的张与弛。

四十岁的时候，我们的身体会出现一些小毛病，那么从这个时候起，我们就得开始注意，一方面去调理它，另一方面加强身体素质的锻炼。健康对于一个四十岁的人来说，是很重要的，因为我们承担着一个家庭经济来源的大梁，绝不能因为健康而倒下去。关爱自己就是关爱妻儿和父母。同时，健康也是我们生活幸福的重要指标。

四十岁的时候，特别想念年少时的朋友。因世事多变，朋友们各奔东西，多年未曾谋面，因偶然的机会见了面，感觉对方还是当年的她或他，虽然面目大变，但感觉仍在，还是那么亲近。无邪的年纪建立的友谊，再次聚首，再次延续。感谢生命中遇见你们，没有原因，没有理由。今生遇到你们，真好！

　　四十岁，从明天开始，又一个新的世界在等着我们。

2015 年 9 月 29 日于廊坊霸州市

桃花源

酉阳土家族苗族自治县，县城狭长，南北 10 千米，东西 1 千米，窄处 300 米。四周山峰林立，进城由隧洞而入。城口有一溶洞，谓大酉洞，与《桃花源记》所记酷似，有清溪从内淌出。据说洞口之上是为避秦"焚书"之乱而设的藏书阁。由洞入内，别有洞天，一片广阔，可种菜置田。山泉流淌，桃花灿然，四壁陡峭，无可攀缘，俨然世外桃源，幽静出尘，颇有陶公意趣。上有高天，下有绿树隐映，实为隐蔽之所。民国时，此处一度作为情报据点，如今尚有遗迹。

酉阳与秀山紧邻，行政上属重庆，距市区 720 多里，是边远山区。我曾因办事两度探访酉阳。第一次是在 2006 年，待了一年有余。那时县城没有高楼，一条不是甚宽的酉阳河纵贯南北，河水薄瘦，断断续续，时而见底。县城一派破旧，一条河、两条路就构成了酉阳县城的主体结构。北城和南城均有一个客运汽车站，北城的是长途车站，南城的是乡镇车站。那时刚通火车，车站不在县城，在龙潭镇渤海乡，距县城有一小时的路程。

龙潭是古镇，又是重镇，镇上人口逾十万。龙潭镇地处武陵山腹地，因伏龙山下两个状如"龙眼"的岙水洞常积水成潭，古镇自"龙眼"之间穿过，形如"龙鼻"，因而得名。"蛮不出境，汉不入峒"的土司统治政策，造就了龙潭千年古镇独有的建筑艺术和神奇的民族文化。

两个汽车站均毗邻菜市场，分早市、晚市，方便居民购置货品。中国的城市无论大小，历来重北轻南，从酉阳的布局来看，亦是如此。

城北的市场有水产、干调、生肉、蔬菜各区。泡制的各式榨菜发出酸咸的味道。麻椒、花椒、去皮大蒜、油锅里炸过的干椒，在石臼里一应混合，砸出呛鼻而又迷人的麻辣味，充斥在市场里。经过泡发的毛肚，像是注入了第二次生命，那暗黑的成色，显得神采奕奕，有了筋骨。毛肚是川渝人火锅中不可或缺的美食，在沸腾的油汤里"七上八下"一涮，既有肉的质感，又有菜的脆劲，不免令人食指大动。涮毛肚是山城人的智慧，同样令人欲罢不能的还有鸭肠、鸭舌、猪脑、鱼皮、黄喉等。

城南倚街而市。腊肠一串一串，油红发亮。腊肉、火腿，散发出隔年的气息与陈味，充斥在店铺里，连店铺老板的身上都是油腻的腊味。一切均是黑魆魆的，似乎要在暗中溢出肥腻的油脂。所有产品均一一展示在狭小的临街房里。菜蔬循路边陈设，地上衬着薄膜、编织袋，摆上分节的折耳根，带着清须的豌豆尖，拇指肚大的红皮萝卜，大坨大坨的疙瘩菜、椭圆带着问号的佛手，大肚的白皮红苕，又细又长的豆角，青圆茄子，细长的紫茄、线椒、菜椒、彩椒……一切都新鲜、青嫩。

一到晚上，酉阳河两侧均是夜市烧烤，夏季是露天摊位，冬季搭起帐篷，约有二三十家。县城虽小，也顺应天府的慢生活和夜生活节奏，烧烤生意可以持续到黎明时分。说起烧烤，品种繁多，琳琅满目，十分丰富，有韭菜、洋芋、蚂虾、金针菇、香菇、脆皮肠、腊肠、肉串、鸡胗、鹌鹑蛋、竹笋、豆腐干、里脊、鸡腿、猪腰、羊宝、大青椒、小馒头、豆腐泡、千层肚等。在油烟和麻辣味道的缭绕中，一边喝酒一边聊天，往往使人激情满怀。在酒精的麻醉中，生活慢了下来，灯火也变得有了姿色。

川渝人历来质朴、纯善，干活毫不惜力，休闲起来讲究安逸好耍。劳累了一天，晚上华灯初上，各种消遣、娱乐蜂拥而至。白天亦是如此，无正事可做的，麻将、纸牌、喝茶、聊天、洗脚、按摩、摆龙门阵，比比皆是。这跟北方人内敛、不事张扬、节约有度的生活理念格格不入。他们的活法也许更加通达，多了几分洒脱。北方人的活法里总有着几分拘谨和精打细算。当然也有辛苦的棒棒，怀里抱着一根粗而坚实的竹棍，一头绑着一根麻绳；在山坡上的是背一竹篓，或一条布单，拿着一端带托的木杖，方便中途暂停换肩。三五成群的，或蹲或坐，或倚或靠，有时聊天，有时夹着烟，但是一双眼很是尖利，只要有人出来唤"棒棒"，便心领神会。瘦小的身躯里，充满着无限的能量。伏天时，滚动着如雨的汗水，赤裸着脊背，攀爬着陡峭崎岖的山道，辛苦之极。一走一声嗨哟，像是古时长江岸边拉纤的号子，一来壮劲，二来排除劳累。棒棒在川渝是一幅独特的生活风景，他们生活在底层，有苦也有乐。市场上，总能看到身材娇小、打扮精致的女老板，很是精明能干，充分地展示着川渝辣妹子那份女主外的天资。

川渝人的方言味浓郁，不易听懂，处得久了，方能明白。说巷子，往往发作"航子"，鞋子叫作"孩子"，老爹叫"老孩"，小儿叫"娃""崽"，说人傻叫"哈搓搓的""锤子兮兮的"，脑袋叫"脑壳壳"。偶然在电视上看了一段川剧，那股川渝之音，气息很是浓郁，帮腔总能起到画龙点睛之妙，一语道破人之所想。音乐始终在为唱腔服务，音乐的高低，配合演员的唱停。尤爱看川剧中的高腔，有时大气，有时细若游丝，声线之美令人赞叹，可谓雅俗并存。川剧汇高腔、昆曲、胡琴（皮黄）、弹戏（梆子）、灯戏五种声腔艺术而成，历史悠久。道白幽默通俗，有很强的生活性。表演中带有很强的人性，艺术性很高。川剧艺术在外省的推广不力，不仅川剧如此，其他戏曲剧种亦是如此。有些人只知道川剧有变脸，但"变脸"只不过是川剧表演的特技之一。川剧中的变脸，讲究速度，出其不意，瞬间变化。不同脸谱在谈笑间变换不停，令人惊奇。婺剧《火烧子都》中的变脸，跟川剧又不同。婺剧采取的是雾喷，需要有一人喷雾，因此由两人方可完成，川剧变脸仅需演员一人即可。

酉阳人多是土家族和苗族等少数民族，当地嫁女历来有"哭嫁"风俗。在出嫁前一个月，凡有亲戚邻舍来家中作客相送，将要出嫁的姑娘均要哭。哭有一定格式内容，不能混乱，否则要被人讥笑不懂规矩。"哭嫁"是向无忧无虑少女时代的告别，哭别父母、哥嫂、兄弟姐妹。走进婆家，开启新的生活，身上背负的家庭责任也就多了。

有两件事令我印象颇深，至今记忆犹新。其一，一次偶然走进县城新华书店，无意间看到了一本杨绛先生的《干校六记》。杨绛的书是我学过当代文学后一直想读却没有机缘看到的。看书，有时也是一种缘分。在意想不到的情况下遇见想看的书，也有惊喜中的小小的幸福感。我用了三晚上，把杨先生的散文集全部读完了，为老人的那份恬静、苦中作乐的冷幽默感动，简朴、凝练的语言中透着杨先生的智慧和淡泊的人生趣旨。

当时我在酉阳的客户是农贸市场的一位水产老板。我们很能合得来，谈得拢，几次晚上在烧烤摊上吃烧烤、喝啤酒。有时我们在市场上买了草鱼，切洗干净，回到他家，自制作料，炒将起来。那味道纯正地道，很有川渝的麻辣味，鱼肉又鲜又嫩，在料汤滚烫中，渐而入味。一边吃一边闲扯着，一坐就坐到了半夜，该休息了，方才散去。

一次因工作需要从酉阳去另一个县城，没来得及跟他打招呼。到下午，当地客户跟我说，酉阳客户跟他打电话询问我在哪。我忙回电话，对方说早上到中午半天没有见我，他骑了一辆摩托车在县城里从南到北地找我，打电话又没打通，生怕我出了什么问题。我当时在山路的车子里，在上下左右的晃荡中睡着了，手机信号又差，没有接到。我告诉他，我到了黔江，他这才放下心来。我因酉阳客户的这种友好的担心颇为感动。

多年以后又因工作来到小城，以前的矮楼多已不见，拔地而起的是摩天大楼，能跟耸立的山峦比试高。街面上各种大型连锁超市，高架公路在山巅之间如飘带一样穿梭而过。变化如此之大，是相邻的几个县城所没有的。走至城中，先去拜访以前的老客户。见到的是他的儿媳，那客户跟他的老婆均已不在门店。问过电话，也许日子久了，对方记忆模糊，电话里简单地说了两句，因有方言，沟通不便，也就挂了。没见到故友，感到遗憾，但看到了新生代的成长，又为他感到高兴，也许现在生活得更安逸了吧。有时见与不见都是一种缘分，一切随缘，自然处之，也许更好。人生本来就有缺憾，不见更是一种怀念。

天暮，我在小城走着，细雨蒙蒙，针尖样地洒着。天阴沉着，湿冷湿冷的，绿在岩壁上显得格外浓稠。高耸的山峦在浓白的雾里，显得缭绕、神奇而诡谲，增添了几分奇美和矫健，不免多看几眼。

城南山脚下，抬头望去，一溜长阶笔直而上，又宽又阔，中间有转台相连。石阶中间是蟠龙浮雕，将阶道一分为二。山脚和山顶均有石条垒砌的门牌，下边的门楣上刻有"金榜登山步梯"，上边的门牌是一小小的方口，方口里是苍色的长空。长梯上渺无一人，两侧均是竹制的楼，里边自然是钢筋水泥结构。吊脚木楼，依山而建，由下到上，层层叠叠，古朴、别致，有着川渝独有的文化气息。

拾级而上，登了两个转台，发现右侧是一片文化广场。顺着走进，文化墙随山势而筑，石壁上刻着荀子的《劝学》，顺序是由右到左。今日读来，仍然精警深刻，令人受益匪浅。

从平台出来继续攀登，一路到达顶峰，再往下看，一切都显得低而小，恍然明白艺术上常说的位置和境界。生活和学问也是如此，走得愈远，愈感到自己的菲薄和虚浮。下行时，再没有上时的那份艰难和劳累，显得轻捷而轻松。因长期见雨，石梯又湿又滑，不能快走，否则极易坠梯。上梯时，不问前程，埋头奋进，每一步都得坚实；下行时，虽然轻松，走一步都须小心翼翼，否则极易失足。登山如匍匐前行，脚步踏实，锲而不舍；达到高度时，心怀崇敬，虚怀若谷，如肆意妄为，则会失足跌落。登山如进学，需警心前行。

访友不见，意外登山，生出诸多感慨，似塞翁失马，有一得一失。

2020 年 7 月于重庆酉阳县

天空四季

生于北方,爱北方的苍凉与厚重。北方的四季像是万物在演绎一生的变化,像极了人的一生。季节变换,是生命的一种仪式,一种再生,一种延续。春,从柳枝开始传递生命的消息,由黄到青,由稀疏到浓密。在浓绿间花团锦簇,花成了春的咏叹调。夏,以一季麦忙诠释父辈忙碌的开始,蝉和蛙是夏的歌者。秋,万木萧萧,充满了悲凉和雄浑。冬,一场雪事,苍茫一片。四季截然不同。

春

早春是冷峭的,柳是春的先知。泛黄的柳枝正在悄悄地开启春天的门窗。柳笛唤醒了春天的第一道阳光,红阳如丹,阳光洒落一地。从第一缕东风起,便不断地创造美的传奇。

花最知春。花开枝头，极尽了一冬的积蓄，倾力绽放。烟花三月飞入梦，百花争艳次第开。初春，不曾见叶，花便开了，纯粹、简单而专注。桃花，前天刚刚露出一点红痕，昨天还是花苞，今天就在十数米外绽放枝头。未开的，是一抹暗红；开着的，是淡粉的，簇新的。红玉兰如青衣的手指；白玉兰温润如玉。迎春，一点一点的新黄，像是绣上了枝蔓，静静地躺着；有的从高处往下垂着，一条一条的，打着弯弓。嫩黄的小花，有意无意地惹人眼。

槐花飘着淡淡的馨香，白的、紫的，引得蜜蜂嗡嗡。暮春的时候，牡丹、芍药，一派雍容华贵，艳压群芳。春天是一片花的海洋，万紫千红，互不相让。处处的新奇，总让人不断地惊喜。

春雨是难得的。北京的春天，几乎让人遗忘了雨。细雨霏霏，如丝般的纤细，若有若无。细碎的雨，下得人心也湿润了。

暮春，到处流动着风，像是流动着美丽而忧郁的往事。伴着尘沙，落在人脸上，有种疼痛的感觉。

杨花是最容易让人忘记的，可是它又无处不在。晚上，路灯下一蓬一蓬的杨花挂满枝头，密密地在风中窃窃私语。杨花的后方是深邃的天空，毛茸茸的，像是用毛线编织而成的。杨花是春的盛事，是花中的精灵。盈盈杨花五月天，飞花追月在广寒，一场春雨零落成棉。雨后的天空，一派新蓝。

夏

五一那天，颠簸了五个小时来到市区。天已晚了，月牙又窄又细，光亮如银，一颗硕大的星星和月呼应着。黄昏还未褪尽，天空是淡蓝的，在城市的相接处，浮着几朵墨色的云，静静的，一动不动。

天，不知道什么时候，变得阴沉起来，似乎要凝出水来。星月不知了去向，推窗袭来的空气又潮又凉，有种欲雨未雨的样子。从远方的天空传来闷闷的雷声，夏来了，雨打开了夏的第一幕。卧听风雨入梦来。

雨不知何时停的。第二天，天空是瓦蓝的，阳光干净而明媚。头顶上铺着淡墨的云，陡然感到有雨星星点点，那是一场太阳雨。天空上现出一道彩虹，红、黄、青三色交织，由明至淡。

天空中一大团一大团的云，简单、肥硕，厚实而干净，蛋糕样的蓬松，棉团样的柔软，大开大合的盛况，带点汉唐的风韵。云的上边是耀眼的光，下边背阴处是暗的银灰。上午的时候，是这样的；下午的时候，是那样的。云气瞬息万变。

立夏那天，风里夹着细碎的雨，落在脸上，沁凉的。天阴着，浮着浅灰的、浓墨的云，连成一片，流动着，一大块一大块的，像是不小心打翻了墨缸。墨在水中迅速地扩散，如气流样地传动。天是凉的，到处鼓动着风，钻进人的领子、裤筒、腰背。多吹点儿风吧，把雾霾赶走。在干净的空气里行走，净一直延伸到人的心灵幽处。

北京的夏天，是娃娃脸，说变就变。早上，万里晴空；中午，一阵黄尘压来，风满楼。空气里弥漫着湿湿的冷气，接着雨点如铜钱般滚落下来，啪啪地响。夏天的雨好像没有长的，来得迅速，去得也快。

午时的天空，净蓝净蓝，广阔如海。云不再成块，散而细，是曲折样的，或隐或现，像是不小心擦上去的白痕。天空清透如洗，像是浮在海里的冰，猛地被浪推起，完全脱离了水面，那种将融未融的冰色。

蜷在车里，看外面的世界，安静、美丽、壮阔。也许是受休假心情的影响吧。云浓而密，吸足了水分，沉甸甸的，一直向天边压去。在云天之际，形成了一个之字，太阳被压在了云天之底的三角处。也许，黄昏是白天与黑夜交替时的一种仪式吧。天空呈现出古铜色，阳光从浓厚的云层边透出金色的光，在薄云处罩着一圈金色，像是景泰蓝的技艺。雨后的黄昏，天空纯净得如在咫尺之遥，触手可及。

远山如黛，是渐远渐淡的勾痕。倏忽间，太阳不见了，或浓或淡的墨向四周洇开，洇成了夜色的天空。天尚未黑透，一整块的宝蓝，亮出两颗星，微弱而又遥远，像是珍珠，晶晶地闪着。星星一大一小，一绺云被气流拉过去，遮住了那颗小的星。

东边天上的云，中央是黑色的，边缘是棉白的，外缘是薄薄的黄白色，有点亮度。整团的云外，笼着一层浅灰的云气，纱幔似的。一绺光在往上拱，月要出来了。有三两分钟，月从云里跳出来，一轮满月，亮堂堂的。星又多了几颗，闲散地横着。

晚上八点的时候，满天的星月又不见了，空气又湿又冷，恍然间，像是走进了冬季。一抬头，雨点儿像豆子一样砸了下来，重重地摔在脑门上，梆梆地疼。雨点子啪啪地飞着，像是炒爆的豆子，滚了满地。匆忙地飞走，风裹着雨，像是急骤的鼓点。闪电接踵而至，窗棂在狂风暴雨中啪啪作响。雨在空中被风吹成白雾，横着、斜着地飞，地上不一会儿就聚成了水泊。只那么几十分钟，狂乱的雨便住了。打开窗，气闷不再，凉浸浸的空气流动着，骚扰着人的心。蝉鸣和蛙声也响起来了，仿佛在与我同诉这酷热而狼狈的夏季。

秋

走在郊区清晨的街头，风拉动着各种枝叶发出"哗哗"的混音，长的，短的。风见凉了。蝉鸣不再是聒噪的嘹亮，而是低沉的长腔，有些中气不足地断续着。风，悠然地，由此来，到彼去，不再浮躁，像是有了规矩。天空，又高又远，像是透明的水晶，宝蓝色的。几簇云，薄薄的，像是修饰的浮雕。贪婪地浴在秋阳里，感到时光像是水一样地漫了过来，又淌了过去，一点一点地流动着，像脉搏那样地跳动，一点都不狂妄，安然而温顺。秋，是内在的、知性的、成熟的。秋，其实是一杯琥珀美酒，含蓄的，脉脉的。秋夜的月，明澈的，雅致的白，沉得住气的净，躺在黑蓝的夜里。凉气开始偷偷地从窗钻进卧室，床角的蟋蟀，在寂静的夜里突然清脆地开唱，夜渐渐地远了，秋却来了。

　　早晨的天空，淡蓝淡蓝，边缘是浅浅的灰，轻描淡写样的。云是淡淡的浅痕，像是汪着一池水，灰青而澄亮。云是脚趟过后荡开的水纹，极慢地，向远处扩散，如一段清雅的余韵袅袅地飞起。

　　阔大的天空，蓝得如海。云，像是泛起的浪，一片一片。云的深处像是鱼尾卷起的水花，一切显得那么随意。有云的秋空是美的，也是有内容。无云的天空亦是美的，渺茫的，让人静静地仰视。美成了一种享受。秋天的天空，充满着灵性。浅蓝的背景，洁白的云线，在天空中挥洒，像是宣纸洇湿的水线。有时云线连成了一片，像是水缸里不小心溅入了一滴墨汁，迅速地向四周扩散，如一只硕大的水母游弋在纯蓝的海域。水母逐渐地变大，一团一团的，像是风卷起的飞雪，皑皑地闪着。

　　天空，纯蓝，干净得像一块玻璃。阳光，耀眼得像是情人的目光，无遮无拦。秋阳明澈地洒在路上、林子的缝隙里，有几分暖春的味道。一始一衰，一喜一悲，幡然醒悟"春秋"二字。

　　至晚，西天一道低低的云霞，被夕阳照得橙黄橙黄。

　　华北的秋天是短暂的，还没有来得及嗅下秋的气味与妩媚，秋便深了。街头菊花开得浓烈，有种遑遑感，我还没有好好地体验秋，秋就要过了。秋阳一点一点从指缝间漏掉，仿佛时光是慢而静的，但一晃眼丝丝的凉气就把人逼进了屋。午夜的广场一下子寂寞了，夜浓得人也倦了。

一场秋雨一场寒。走在路上，满眼红黄，已是深秋。天，是灰黄而暗的，秋雨时大时小地落着，没有开头，也没有结束。秋雨绵绵，一时无语。

银杏最是知秋，夕阳下，通身金黄，透明而耀眼，毫无瑕疵。满天落叶劲舞。

秋月是最让人难忘的。住在高层，宽阔的阳台，漫过水样的月色。走进卧室，窗外，暗蓝深邃的夜空中挂着一轮满月，安静、皎洁。多少年了，很少看月，至今晚方看懂了。月是夜空盛开的花朵，且是绽到极致的。想起十数年前的一个子夜，从工厂下前夜班回来，亦是满月。月亮很亮，是红色的，云像是用水冲过一样的干净，一律朝一个方向。云是墨色的，边缘是红黄的，整个天空，夜云似火。寂静的街道中，只听到我一个人的脚步声。红月亮，满天燃烧的云，在寂寥无人的深夜里静静地流泻、展露，又消失在寂静深远的街巷。

朝着月亮的方向走去，月先是悬在半空，后又悬在楼顶。月光有水样的质感，令人想起徐志摩的句子："如同水面的星磷，在露盈盈的空中飞舞。"夜空没有一丝的云，天空是纯的暗蓝。月在我的印象中一直是个圆，今晚的暗影特别清晰，球样的真实。

走进法国梧桐的浓荫里，月光在密密匝匝的缝隙里流泻成辉，一会儿跳到树顶，一会儿移到间隙。月是活泼的、欢快的，与漏下的光影形成反差。月在当头照，光在脚下流。穿过树丛是一片开阔的广场，在广场的上方，月显得饱满而硕大。有人甩着铁鞭，猛地一个逆向的抖起，"啪"，一声响亮的鞭声响彻夜空。

穿过马路到对面的广场，这里有旱冰场，再往里是一个舞池，曼歌流转，舞影翩翩。引我注意的是东南角池塘边，有一位四十开外的妇人，戴着黑帽子，上边坠着一朵红色玫瑰，上衣也是黑色的，下边穿着又宽又长的红色裤子，裤口是束着的，脚上穿着一双黑色绣花布鞋。一双眼睛熠熠闪光，双手拉动着风琴，表情深沉，目光时不时由近至远地扫过每个观众。音乐像是在诉说一段青葱岁月，缅怀的气氛在演奏声中流淌，也许在回味属于她的光辉岁月吧，那么沉醉。我转过身时，发现有一条横幅写着"伊人依旧"。

这时，我已走到广场的最南端，月挂在楼的中上部，又低又圆，也许这是离月亮最近的地方吧。顺着广场的东侧往回走，来的时候是我在追月，回的时候是月在追我。一路相随，月无处不在，面前、身后、楼上、树梢处、表演者的眼睛里。一个人像是浴在了月光里，就这样享受着无边的月色。前边的小树林里放着古筝乐曲，月光在音乐中跳跃。

那晚，我睡下的时候，拉开窗帘，月是安详的。那晚没再失眠。

冬

出行总选择夜车，为的是不耽搁白天的时间。白天是珍贵的，无论工作还是生活。总之，一上车就睡觉，在哪都是休息。那天列车快到北京西站时，是早上六点多吧，我坐在车窗前，凝视窗外，静静地看了一场初冬的日出。天麻麻亮，那种明像是天空糊了一层灯纸，在暗色里透出亮来。天空抹着几道灰色的云影，铅样的无声无色，从一道灰影的一端，逐渐地透出一块炫目的亮来，一点一点地往上拱，像是出土的笋，快捷又有朝气。云影的边缘镶着金光，佛样地亮着，周围的环境一下子变得剔亮，树、草、石头与水焕发出了精神与光彩。鸟被突如其来的亮给惊醒了，开始胡乱地飞着，叫着。万物依旧静静地蠢着，鸟儿开始恢复平静。一块金灿灿、明晃晃的圆盘立在空中，铅色与灰色褪去，黄、橙、红、白、蓝均匀地、交错地涂抹着斑斓的天空，一个花样的早晨开始了。

早晨总是遗失在匆忙之中，很难抬头看天空。天，是那种渐开渐亮的远阔，黑暗像是做错事的孩子，悄悄地躲开旭阳的眼睛。东方的天空，朝霞排布得多而密，色彩斑斓而明亮，又看不出拥挤。吹过风的天空和气体是明净的，真好。云霞托着晨阳，像是一幅近在咫尺的油画，恢宏地、明亮地穿透着，像是穿越历史的眼睛，光芒四射而精力充沛。光洁耀眼的阳光，传递着一种温暖、积极向上的朝气。有一排鸟展着翅斜斜地从楼丛掠过，我似乎听到那振翅的声音，感到那力度，隐隐地、暗暗地传播，一直撞击到我的心脏。

冬天的傍晚，单调、安详、简单。四围是暗下的灰蒙，裸露的土地沉默无言，褪尽叶子的树在天地之间矗立着，单薄而瘦弱。太阳不知什么时候晃若黄金，灰暗的林子一下子亮了。夕阳红彤彤的，艳若春桃，灰色的世界多了几分姿色，简单而婉约地流露着。云，像是流动的河，蜿蜒着，自上而下。有模有样的水亦是红橙色的，血样的惊艳。夕阳在一点一点地坠去，云霞一片一片地褪色，最后的一点橘红也尽了，天地开始合一。夜像树根一样深埋在土里，无限的寂寞蓬勃地坠入黑夜。

在北方，无雪的冬天不像是一个真正的冬天，我渴望一个漫天飘雪的冬天。晨起的时候，拉开窗，发现窗外落雪了，想起昨晚簌簌的声音，北京的天空给吸净了。

天飘着细碎的雪糁，渐渐地雪糁变成了雪花，雪花变成了雪片，雪愈下愈密。人走在雪中，一转眼便成了白头翁。无风，地上积了厚厚的一层雪，踩上去咯吱咯吱地响，有种涩涩的感觉。雪小了，天空是一片乳样的白。雪天，一点儿也不感到冷，上下白茫茫的天地像是一个无风的暖房。缭绕的废气遮罩的天空，终于被雪给击溃。初降的雪粒是黄色的，浮在小区院内的车顶上，像是一层黄尘。岁月轻飘，如雪花般地纷飞，无序而纷乱，等不得你去品味，转瞬即逝，只留一声叹息。

漫天满地的积雪，一片银白。天空中飞着细碎的霰子，脚下的雪如白色的粉尘，人被裹在了一个雪的世界里。

空气终于开始湿润和干净。天空是一片浅灰，一整块的，没有界线。又开始飘雪，零散地，飘得人心都远了。雪下至中午停了，傍晚从乡镇返回县城，透过车窗看到路旁雪林中透出一轮橙红的太阳。随着车子的移动，太阳也在林中飞驰。红太阳，好久没有看到你了，高远、饱满而红艳。天空澄澈，汪蓝。一轮红日，不带一丝陪衬，孤独而美艳，像是预示了一种宿命。一株枯木，在雪天显得极为苍劲，在乳白的立式背景里，带着几近清晰而又写意的虚远。

　　吃过晚饭，到楼下溜达。一抬头，一轮满月悬挂在东方暗蓝的夜空，天空被月色照得灰蒙又深邃。月左半轮呈金黄色，右半轮呈白色，月宫的暗影在中间隐隐约约，似是向人倾诉。雪夜行走，也是一种情调。这是今年北京的第一场雪。北京的雪是温情的。在我的记忆里，只是少了风花，风花又何在？青春早已遗失，心灵早已沟沟壑壑，满是人到中年的琐事与时光如梭的紧迫。灯光与月光照着落尽叶子的树，枝丫上悬挂着一个一个黄茸茸的圆球，像是岁月积累的果实，储存着一个又一个的故事。在雪夜里行走，夜色渐浓，心里满是人事苍凉。家人的温情，老人、孩子和妻子，工作的繁忙、杂乱和疲惫，社会的良莠与纷杂，一汪一汪的云愁海思。越过马路，走在空寂的广场，月色朗照。想想人事的变迁，总关愁，不如唱一段新腔。空旷的雪夜真是一个练嗓的好音响，回响没有一点杂质。

2015 年于廊坊霸州市

听，雪落的声音

我跟雪是有缘的，那天落的第一片雪，我就看到了。不禁轻声道："哦，下雪啦！"走在飘雪的天地里，那雪开始的是这么纯粹，绝无拖泥带水的痕迹，一片一片，飘然而至，可以清晰地看到六棱的花瓣。连9岁的女儿打开窗时，也兴奋地叫道："爸爸，爸爸，我看到六棱形的雪花了。"我应着，为女儿细致的观察力称赞。

雪落在枯黄细瘦的草叶上，极轻柔地撒成薄薄的一层，俨然像冬草结出的细碎的米花，洁白晶莹。下雪的时候，不大感觉气温的寒冷，坐在河堤的长椅上，看雪跌落在灰色的石板上、草丛里，感受我的脸、头发和身上时不时有雪片亲吻。雪落的时候，簌簌有声，是酥脆的，细索的，沙沙的，像是琐碎的细语，像是父亲坐在老家的屋子里跟老友絮叨的声音。"他们早上7点钟就做好了饭，要上班。菜做得淡，他们吃饭都淡……"父亲说着，对方应着，我听了微微地笑着，不去打断他们。

我站在一个圆形的广场，空无一人，却没有感到一丝的孤独和寂寞。听着那雪落的声音，成千上万的雪片纷纷沓沓，蜂拥而至，像是千军万马的校场，无数士兵穿着雪亮的盔甲，静候着一声令下。

　　雪飞到河里时，悄无声息地融入水中。河水淙淙，微皱的水面泛着两寸来高的波纹，一浪一浪地扩散。河中央游出数只野鸭。我数了数，一共 18 只。一只只淡定自若，像是 18 艘演习的军舰，无视雪的到来，依然整齐有素，军纪严明。其中一只落了单，也许是在执行一项特殊的侦察任务吧。完成后快捷地向大部队的方向游去，一会儿游，一会儿潜入水下，交替前行，终于赶上了组织，轻捷而欢快地展开翅膀，扎入水中，又露出脑袋，以示任务完成。野鸭是极耐寒的一种动物，那么小的身体，却散发着无限积极的能量，是冬天水中的精灵。风雪对它们来说，是一种考验。它们是那样的自由而无畏，它们向严寒天气挑战的样子，是如此的乐观和淡定。

　　赏雪的时候，我喜欢一人漫步。雪花纷纷地落着，心也静了。穿过一座孔桥，来到河的另一片堤岸，是一片有叶子的丛林，树冠很高，雪落的声音开始增大。雪落在叶子、枝杈上时发出像风吹沙子的声音，哗哗啦啦地响着。这时从远处传来低沉的呜呜声，时断时续，那声音像是在夜幕的古城下，雪罩城楼，月在当空，守城的军士吹着陶埙，悠远、雄浑、荒凉和孤单。这使我想到了唐朝边塞诗人高适的《塞上听吹笛》："借问梅花何处落，风吹一夜满关山！"以及王昌龄的《从军行·其一》："更吹羌笛关山月，无那金闺万里愁。"循着声音走过去，在一片灌木丛里有一高台，上边建着一座八角的亭子，有一个年逾五旬的男子，中等身材，在雪地里吹着长号。不想这西式的乐器也能吹出这么古朴的意境和旋律。驻足听了一会儿，便走开了。想必在这静寂的雪天，吹号人也在享受这份空旷的安静，不愿他人打扰吧。

看到有座三层的小楼，上边是用来登高瞭望的平台，我饶有兴致地奔了过去，到了近前方看到门是锁着的，不对外开放。转身看到左侧有座高大牌楼，对向直走是两座六角的亭子，再往后则是大殿，门口上方写着"观音阁"三个烫金大字，黑底，显得凝重端庄，左下角落款是赵朴初。不巧当天不是开放日，隔着院墙可以听到里边僧人诵经的声音，低低绵绵，梵音不绝。观音阁的主持是菩光法师，为禅宗五宗传人，临济第四十三代嗣法弟子。由他发起的滴水缘公益教学，分香道、茶道、花道、古琴、古筝、书法、绘画，备受社会欢迎。

再穿过一座孔桥，是梨园公园。这里有镂空的梨园人物雕塑，可以站在后边把脸放置在镂空的部位，拍照留影。再过去是一片戏曲广场，廊台上有十多个孩子，在两个教练的指导下，练着腹部和腿部的肌肉，几个家长拿着孩子的外衣远远地站着。

台子后边是一溜关于河南戏曲的图片与介绍。河南主要有豫剧、曲剧、越调三大剧种，漯河是豫剧四大声腔中沙河调的发源地之一。再往前走是一道竹林长廊。走在长廊下，我面对沙河唱了一段胡小凤老师的胡派豫剧《穆桂英挂帅》，琢磨着每个字的行腔与归韵、节奏与人物的心理变化。听胡老师说戏，归韵一定要清要准，不可含糊，否则就变味、不准确了。演戏先弄清楚音准，再演人物，唱出情感。声腔高低要有变化，一招一式，一个台步、一个水袖都要为刻画人物、表达人物内心情感服务，不可做无意义的零碎动作。往台上一站，你就是那剧中人物。胡派的唱腔讲究运气，气沉丹田，方能唱出那种激越、深沉、委婉，表演才能大气、规范、干净、利索。表达人物内心波澜时，通过声腔的分层递进、拖腔与水袖、身段和音乐节奏的有机融合，来传递和表达人物的心情。胡派豫剧呈现出的那种力量和节奏，是融入骨子里的一种觉悟。这是我对胡派豫剧的一种概括和总结。

再穿过一个涵洞，来到一座桥下，是一个宽敞的练功场。往岸上一看，"漯河市豫剧团"六个字赫然眼前。近年来，漯河市豫剧团在宋德甲团长的带领下，新人辈出。黑头李建中是"李派"王青海的弟子，嗓音洪亮，极富穿透力；红脸池广飞是沙河调"唐派"贾廷聚的再传弟子，嗓音干净，高音嘹亮，低音清楚，有韵味；张磊磊是"陈派"郭美金的弟子，唱腔含蓄、大方，表演端庄；贾传敬和胡乔瑞扮相干净、身段利落，是沙河调传承者。他们练功刻苦，守得住表演艺术的那份追求和寂寞。为这么多有潜力的优秀青年演员，祝福沙河调的兴旺发达。在回去的途中，我路过豫剧团大院。它是那么的简朴，甚至破旧，外边是一圈拆迁的临时护栏。期待着漯河市豫剧团能有一片干净整洁的大院，矗立在漯河的沙河岸边，期待青年演员在戏曲的道路上有坚守，有创新，紧扣时代的脉搏，与时俱进，创造出更美的戏曲与旋律。

听，那雪落的声音，还在沙沙地响着。

2020 年 8 月于漯河市

小　满

又至小满，每到这时总会想到家乡的农会——小满会。老辈人，更直接，就叫它小麦会。从百科上查，上边写着：小满，是因麦类等夏熟作物籽粒已开始饱满，但还没有成熟，约相当乳熟后期，所以叫作"小满"。小满来临，布谷鸟也多了起来，到处是"布谷、布谷"的声音。连鸟都知道"早割、早种"，按捺不住即将收获的喜悦，在田间、村舍不知疲倦地飞来飞去，像是即将掀起农忙的标志或预示丰收的捷报，每年都那么准确，又那么守时。

一

小满，预示着即将丰收，充满了希望、希冀和欢愉。中国是一个传统农业大国，很多文化，归根结底都跟农事和人们的饮食有着直接或间接的千丝万缕的联系。节气是古人农耕智慧的结晶，随华夏几千年的文明延续至今。小满一到，麦梢开始发黄，就意味着距离麦熟不远，村里人开始闲不住了。

父亲到邻村的会上，去买镰刀、扬场的桑木杈，修复往年不用的一应农具。门口放的磨镰石，开始"唰唰"地响起，地上总是有水漫过的湿痕。我知道，是父亲在准备割麦的镰刀。西屋窗棂上挂着一排磨得锃光瓦亮的镰刀，整整齐齐地摆着。把墙角或坑里的石磙拉到路边，从树上折下些杨树条，绑在后边，糊上用麦秸和的泥制成耢，便于碾场时，不造成麦秆堆积。打麦场里种的油菜籽、大麦也都成熟了，先用镰刀割了，再一棵一棵地连根拔起，收拾停当，碾平了作打麦场……准备诸多大小事务，一切都处于战备状态，只待麦熟。

收麦前，各家都要储备些易于保存的方便食品，如方便面、变蛋、啤酒，以备农忙时在田间地头随时充饥。

二

小满会，是方圆十里置办农具的集散地。会在王店村，王店村的中央有107国道穿过，紧邻京广铁路，交通十分便利。所以小满会当年之盛况可想而知。家家户户谁不曾到会上去购置农用物资呢？

　　赶会之际，结婚的、没结婚的，同事、朋友都借此串亲访友。会一般开三天，第二天叫正会，第一天和第三天叫偏会。走亲访友，一般都选在正会当天。正会这天最为壮观，人挤人，摩肩接踵，男女老幼皆有。当家的是要置办农具、买牲畜，在牛马市上转来转去，想买又不懂行，怕亏了。一不小心踩在一泡牛粪上，在土里蹭着鞋底，踅摸了一会儿，找来懂行的行户，被搧掇着有了主心骨，安安然然地牵了家去。也有买羊、买猪仔的，看中选好便走。年老的引着小的是专挑吃的，胡辣汤、水煎包、油馍、油饼、包子、豆沙馅、老冰棍、老冰水、盐泡瓜子、炒花生、炒凉粉、面皮、热干面。年轻的不光图个热闹，小媳妇和大姑娘自然到卖衣服摊上，东看看、西瞅瞅，挑来拣去，直至买到心仪的，方兴高采烈又叽叽喳喳地议论一番。老头们来到戏台底下，或挑那熟悉的剃头匠，剃头、刮胡子，弄得脑袋光光如瓢，亮得犹如灯泡。末了用手摸摸，光光溜溜，也就心满意足地笑容可掬。小孩子们围到戏台下面，翻看小人书，买万花筒、玻璃弹珠、弹弓、转圆盘抽奖、套圈，看捏糖人、杂技、二鬼扳跌、耍猴、皮影戏，吹琉璃咯嘣儿、口风琴、陶埙、竹笛，从众多画面精美的竹扇里选出自己喜爱的。小丫头自然爱美，妈妈牵着，选发夹、拢子、凉鞋、花彩裙。大人不买，自然少不了哭闹一番，不达目的且不罢休……赶会对于孩子来说真是趣味无穷。

　　我上初中时，小满会正赶上星期天，我在会上看好了一条褐色的宽腿裤，得 10 元钱，吵着要买，母亲不允，我便跟母亲吵闹。母亲拿来一根棉花秆敲我，邻居二大大听见了，慌慌张张跑了过来，让我跑。最终母亲还是给了我 10 元钱，买来那条裤子。一转眼 30 多年过去了，在父亲穿的衣服里，我还能看到那条褐色的宽腿裤子，只是母亲已不在了。

邻家八哥专卖耗子药，在戏台子底下，跟卖狗皮膏药、鸡眼膏、万能胶、菜籽的摆在一起。八哥不是排行老八，在家实际排行老二，是他年幼多病，到 8 岁方会走路，村人爱跟他开玩笑，才叫他"老八"。他是我二大爷家的儿子，是我的堂哥，背驼得厉害，我见他，总是客客气气地叫"合洲哥"。八哥作为一个残疾人，平时走街串巷，自力更生，也是让人可敬的。只是，这都是好多年前的事了，后来他生了病，喝了耗子药，埋在了村子柳河的南岸，坟就一个孤零零的小土包。不是正常死亡的年轻人是不能埋入老坟的，只能埋到村外荒僻的地方，这也是村里老辈人的讲究。埋合洲哥那天，我在外地，没有回去。大堂嫂有次还跟我提起，说她有一次问合洲哥，"回头也娶房媳妇"，合洲哥美美地，过了一段时间，还问大嫂，"可有合适的没？"如今想来，好多人事，令人唏嘘。

三

小满看戏，也许是迎接大丰收前的一种欢庆、一种仪式吧！

170

人们以此来表达欢快的心情，在忙月来临之前，再做一次休闲娱乐和休整，以更饱满昂扬的姿态迎战酷暑难耐的麦忙。

王店村唱戏，都是唱对台戏。东西大街，村东一台，村西一台，一天每台三场大戏。我自然是不会错过看戏机会的。西边常是唱武戏，我如今还记得，演过《穆桂英下山》《千里驹》《大闹天宫》《黄鹤楼》《韩信拜帅》等，非常热闹；东边则唱文戏，如《麻风女传奇》《义烈风》《借妻》《鸳鸯戏水》《五姑娘》《火焚绣楼》《大祭桩》《绣花女传奇》等。我偏爱看文戏，因其情节曲折感人，唱腔细腻优美。每每看了一出戏，感到里边的情节跟其他地方演的不一样，说出来，旁边的老人就说，十戏九不同。至今，一些戏的情节、表演还很是清晰地记得，只是那唱腔经年已久，记不得了。

记得某某县豫剧团来演出，他们擅演神话剧，一出《青蛇传》，云雾弥漫，人在半空舞动，灯光明暗闪烁，很是神奇。他们剧团恪守时间，有些情节就唱少了，惹得下边观众不满，纷纷起哄。后来村里管事的就出来跟领班的交涉，对方才明白过来。在农村演出不像在城市剧场演出，须严格规定时间，这里得把故事情节演完，交代清楚，演得完整，不然观众是不买账的。还记得鄢城区一个民间豫剧团来演出，主演是团长的干女儿，但家里种了几亩西瓜，忙着浇水、收拾瓜穰出不来。观众起哄不买账，没有办法，只得放下瓜园前来演出。她在舞台上演程七奶奶（女丑），活灵活现，至今回想，情节人物都还是那么生动、真实、幽默。

一到小满会，学生是要放假3天的。因此每次演出，剧团演员均是住在学校的教室里。记得有一双姐妹花，均是唱包公的。一次她们村来了个算卦的，她们的母亲给孩子求卦，算卦的老先生说，"你家祖里要出两个清官"，原来那清官是应了剧中的包公了。

　　看戏，应该是小满会上除买农具外，又一有意义的事了。农村人大都爱看戏，喜欢里边的风土人情，喜欢里边唱出的忠义、善良、孝道。良人历尽千难万险，百般磨难，终于考上状元，一家团圆；那奸佞小人，一时得道，不免作恶多端，最终逃不过包公的三口铡刀。冤屈得昭，贼子被擒，歌颂光明，祛除邪恶，这也许是中原老百姓喜欢豫剧的真正原因吧。他们从戏文里找到了人类善恶的道德标准，可以在戏曲的情节里满足自己的心理诉求。母亲都是在偏会时才得空到会上去买些东西、看场戏，正会是出不来的，要在家招待客人。正会那天，家里会来很多客人，都提着用柳条穿的油条，一串一串的。等客人走后，这油条要吃上好多天。放干了，母亲放在箅子上馏软乎了再吃。正会那天中午，吃饭的人多，母亲、大嫂、姐姐就忙着做饭。一般是烧一大锅胡辣汤，就着油条。有男客，肯定要准备酒菜。常常一边喝酒一边聊天，午饭就吃到下午去了。幼时，我常常负责倒酒，大人猜宝，我就握火柴把，让他们猜有没有。我常常认定一种模式，让对方猜，有时对方一连次次猜中，有时开始猜中，后来连连中计，喝得醉醺醺，客人也是高兴而归。

到了晚上，唱罢戏，大人和小孩也就散场了。夜已深，该回家睡觉了。但还有二八的青年蛋子，精力旺盛，成群打闹着，一直到月过中天，还能听到街里他们走动时惹动狗叫的声音。村里有一个小伙子，甚爱武术，学了点儿拳脚，长得很是壮实，方圆十多个村子无人敢招惹他。邻村一个姑娘，皮肤黧黑，一双眼睛又黑又亮，一头长发乌黑，非常漂亮，大家都叫她"黑美人"。那小伙子非常喜欢她，唱罢戏后，在她身后偷偷地跟着，也不敢胡来。后来那姑娘在一次炮仗事故中死去，大家提起，为她深深惋惜。那么漂亮的人，说没就没了，真是人生无常，世事多变。再后来，听说那小伙子结了婚，不再张扬，日子也过得安分了起来。也许时间会改变一个人。

　　到第三天晚上，看最后一场戏，戏演完了，观众不走，掌声如水花一样，一阵一阵旋起。这时，团长就会走到台前，说些感谢的话，然后安排名角出来加唱几个段子，观众这才收了掌声。演员加唱时都已卸了妆。特爱听郾城曲剧团张振业老先生的红脸和老生戏，那嗓音清晰、透亮，韵味足。一段《哭皇陵》，或《六国封相》，或《喜脉案》，张振业能把红脸唱得如此激烈而又清澈，恐怕在曲剧界也是不多见的。老先生如今年龄七十有余，还在县曲剧团领衔主演，是真正的老艺术家。他跟"曲剧皇后"张新芳演过《二进宫》，跟王秀玲、刘艳丽演过《千里送京娘》，是曲剧界一位低调、名声不大，但艺术造诣极高的大家。他的艺术造诣跟他的名望是不相称的。这么好的艺术，据说一直没有弟子传人，不得不说是戏曲界的一件憾事。

如今的小满会，还有，只是显得萧条，没了那份喧闹，没了牛马市场，没了那剃头匠，也没了那马戏团、皮影戏……倒是多了个狗市，几个人在马路边上卖些猫或狗的。人稀稀疏疏，戏台也只剩了一个。台上唱着，下边没几个观众，多了一份清寂和失落。只是那缥缈的音乐，随着风传得很远很远。布谷鸟还是像往常一样忙碌着，飞来飞去地传播"布谷、布谷""早割、早种"的鸣唱。

四

麦天来了，母亲天不亮就起床做饭，姐姐烧鏊子烙馍。等他们要下地时，把我从床上唤醒。母亲交代，到半晌时烧一大壶茶给拎到地里，我答应着爬了起来。吃了早饭，薅开火塞，烧了一壶开水，从墙上挂着的桑叶里扯下两片，放到壶里。茶水在我一路有节奏的晃荡中开始变色，等走到地头时，早已是金色的茶汤了，喝上一口又香又甜。桑叶是去年秋天霜降后，我在村东头那株一丈多高的白桑葚树下拣来的落叶。这时节，桑叶开始由青转黄，叶子也显得又厚又重。其实是有两株的，一株是白桑葚，一株是红桑葚。白桑葚清火，红桑葚上火，红桑葚叶是不能泡茶喝的，只能拣白桑葚叶。时间一定得等到霜降以后，没有经霜的叶子比较薄，颜色还是青色，太阳一晒，就容易干碎，泡茶时，茶汤还带着一股青味。经霜后，叶子变厚、变硬，表皮也有了光泽。用铁丝穿成一串，挂在房檐下，风吹日晒，叶子开始变干。脱水后的桑叶，表面还是平整的，不会发皱，经开水浸泡后，又恢复了秋天时的样子，那么一片金叶，又厚又亮。茶汤也是金黄透亮的，喝起来有淡淡的香味，有着几分老道和沧桑的味道。这就是我们农村老家自制的降暑清火桑叶茶。

到了地里，我也拿起镰刀，把上三垄向前割去。过不了几米，手上就开始起泡，再过会儿就会磨烂，钻心地疼。太阳火辣辣地照着，麦子金黄金黄的，要晒焦了似的，仿佛一触即碎。又过了几年，村里有人开起小型收割机，一趟过去可以放倒六垄。以前一块地得割上一天半，这时一个半小时就结束了。再过几年，有了大型的康麦因联合收割机，一块地半个小时就颗粒归仓了，也不用再拖到家里，收粮食的开着车就等在马路上，装袋过秤就拉走了。以往麦天，从割麦、拉到场里、起垛，摊场、碾场、起场、拢堆、扬场，到装袋、归仓，再到播种玉米、大豆，一切忙完需要半月之久。

割麦时，会有灰色的野兔从地里穿过大路，引来大伙的喝叫。有人停下车子，撵着追那野兔，但兔子一旦钻入麦地，便无了踪影，那人只得感叹几声，拉起车子再去干活。有时割着麦子，遇上灰色的斑鸠，往往斑鸠飞了，留下一窝白色小卵。孩子们好奇，捡起来拿回家，偷偷地放在母鸡下蛋的窝里，盼望着能孵出小斑鸠。也有捉到幼鸟的，便用细绳拴住鸟的一条腿，小鸟就可怜了，成了玩物，不到半天工夫，就给折腾死了。

麦天，从早上5点多，会一直忙到晚上10点多。把麦子扬场，灌进袋子，装上车，再把麦秸垛起。太阳轰轰地晒着，忙碌完一天，只感到头昏脑涨。回到家，卸了麦袋子，身上累得快散了架，还得准备第二天的劳动。

等收完了麦子，我跟姐姐到地里去捡麦穗。手里拿着一个口袋，捡了几天，集中到家门口，母亲单独给脱了壳，装到一个小布袋里。等开学的时候，交到学校，算是我们每个学生的一份劳动。

等到玉米苗有一拃高时，天一擦黑，就会有知了的蛹虫和青色的苍虫从土地里拱出来，爬到玉米棵上。我会跟姐姐还有哥哥，一起去捉知了。第二天早上，知了会褪去壳，被母亲用面拌了，放在油锅里炸，又韧又香，用烙馍卷着吃，别是一种风味。

记着大集体时，母亲挣工分，姐姐上学去，把我撂在家里。那时我大概4岁，弟弟2岁多，每天我带着他一块去玩。忽然有一天，母亲说弟弟病了，和父亲带着弟弟走了。每天我跟姐姐就盼着弟弟回来。我从门口的椿树上捉了几只"椿蹦巴"，用一只大碗扣着，留着跟弟弟玩耍。3天后父亲和母亲回来了，说弟弟得了不治之症，死了。母亲哭得很伤心，躺在床上一天没有起来。邻居大大、表姑都来劝母亲。我和姐姐知道弟弟永远不会再回来了，我把那只大碗拿了起来，放掉了那几只"椿蹦巴"。在我幼小的心里，知道了死亡的可怕。

2020年6月于漯河市

又见鸟归

一

　　2020年春天，不能外出，待在村子，出门便是农田，唯一活动是到田埂间走动。早上天未亮，小鸟便在后窗外开始歌唱，清正、婉转、新鲜、璞真。院里，斑鸠从地上，扑棱着翅膀斜着飞向墙。我好奇地打量着它，灰色的羽毛，黑色的眼睛，像宝石一样晶亮，脑袋灵活地转着，个头儿有一捧大，像从外婆纺车上摘下的纺锤，脖子里的羽毛灰紫灰紫的，闪着油光，干净、轻捷。它在晨阳中默然，倏地飞出墙外，不知去向，带着金色的光芒，像孩子吹的泡泡，怅然飞逝。

　　碧翠碧翠的天空，在蓝白中擦亮。云像加了酵母，自然地分裂出无数的气孔,蓬蓬松松。天空中有几只喜鹊在盘旋,来回滑行,在高空鸣唱,让人看到了希望。村子静悄悄的,村头的白杨树梢上,一只不知名的善唱的鸟清脆的声音,锐利地穿透云层,像光一样地在村子上空炫亮。蓝背从麦丛里飞起,落在高压线上,缩小成一个个的黑点。麻雀低低密密地用小嗓合鸣。一切都好像是多年前的光景。

二

那时,村子周围、路两旁、柳河两岸、四支渠上,又高又大的白杨,一到夏天,叶子呼啦啦地在风中作响,叶背的筋脉和白霜在风中翻滚,翠绿的枝叶把毒辣辣的日光拒绝在树冠之上。三五只绵羊卷着毛随着荫凉移动,慢慢地啃着沟边的葛巴草、牛毛草、马齿苋、灰灰菜、抓地龙、鸡冠菜、野苋菜等,以及叫不出名的野草。年少的我走在树下,解开脖子上的扣,风呼地一下灌满全身。风贴着身子,嗖嗖地,如三军凯旋,有万千的气概。四支渠从颍河的闸口放过水来,庄稼地头的沟垄里水汩汩地流进地里。我卷起裤腿,不时地把脚伸到水里,感受着水流的冲击,河水在日光下,晶莹地溅着洁白的水花。可以在宽土埂上看到生长的蜡台(香蒲),长长的,用手拔了两株攥在手里。听母亲说,它有止血的功效,便记着一定把它带回家中交给母亲。我不时会被刀、镰、竹筷边、钉子头等锐器划破手指，母亲便会找来蜡台，或红眼苗（青葙）、黄鳝血，用布条给我缠上。

夕阳西下，坐在柳河桥上，看河里的水在杂草丛生的河道里流淌。偶尔碰到精致的翠鸟，一闪而过，不知飞往何处，留下一个清晰的镜头在心坎上。多年以后还不能忘记那动人的样子。童年，可以有大片的时间静坐，不切实际地幻想，静静地、默默地看云、树、草、花和水，还有鱼，感觉它们有无限的自由和纯净。不过那时，村里人顶讨厌麻雀——田地里密密麻麻，成群结队地偷食，飞起、落下，轰都轰不走。有人在田里扎了稻草人，或用木棍绑上红布条插在地上，来吓退麻雀。麻雀之众，一时成患，后来没人再敢种谷穗了。

村子里有许多品种的树，可能都是在不经意间长成的。椿树、苦楝、豆槐、榆树、构树、桑树、枣树，生长了几十年，有的甚至有上百年的树龄，上边筑着黑褐色的鸟巢。夏天的时候，尤其是风雨天气，常常有学飞的雏鸟跌到地上，有时很为之担心。老鸟总会历尽千辛万苦，费尽周折，把跌落的鸟护上树梢，一点一点地引入巢穴。也有淘气的孩子要捡拾幼鸟，老鸟就在头上盘旋，甚至冲下来用尖尖的喙或翅膀扇动驱赶，若被扑扇到眼睛，眼睛会红肿上好多天。老年人说，黑鸟都是有灵性的。我见到黑鸟，便感到一种神秘。燕子是黑色的，外婆说，燕子住在屋檐下，都是一家人，不可以上去掏着玩的。它们记性好，每年飞走，第二年春上还会回来。鸥的背是黑色的，常常住在树梢的高端，叫声也特别嘹亮、悠长，最护幼鸟。有孩子上树去掏鸟窝，它们会快速地俯冲下来，用身子去撞，常常弄得羽毛掉落一地，直至那孩子罢手方才罢休。乌鸦，大家都不待见，认为碰见就是触霉头走了背运。农村人都有意识地躲避它，连孩子也不敢去招惹它。乌鸦好像也懂得人们的心思，它们只在少有人至的地方栖身。

村子四周都是大的水坑，一个连着一个。也许是我们的祖先担心雨季时村子被淹，把村子用土垫高，周围就留下成片的深的土坑。地表水水位低，坑里汪着一池一池的水。梅雨时节，水一下涨到坑沿，甚至要漫到路面上来，可以看到寸把长的银色的小鱼在水中游动，河虾不时地弹出水面，逗得小伙伴们跳到水里捉鱼。下水去，是不得让大人见的，都是偷偷地，不然会得到一番大骂，或喝叱。下到坑里，有时能幸运地捉到鲫鱼、火头、刀鳅、鲶鱼等，有时只能捉些红眼鱼、沙里趴、河蚌、水螺。秋天水少，浅的地方露出底来，烂泥又黑又腥。无妨，可以拿来铁锨，一锨一锨地把泥挖出，摊开，总能发现几只蜷曲乱动的泥鳅。忙活半天，脚、腿肚、胳膊、脸、头发都弄上了泥浆，手背上的早已干了，随着皮肤的纹理翘起一条一条的泥块。用只小铁桶将战利品拎回了家，虽然狼狈，却也算有成绩，剩下的是母亲从地里回来给收拾做美味了，当然有时也会挨骂。

坑边总是长着许多水柳，一棵挨着一棵，黑黝黝的根就在水边裸着，曲曲折折，盘根错节，相互交缠，绵延了整个坑沿。哥哥把车辐条用钳子折成弯头，在磨刀石上细细地磨成锋利的尖钩，另一头弯成圆环。从老屋的后墙角堆积的砖块下，捉来几条粉色的蚯蚓，穿上弯头，放在柳树根下被水冲蚀的暗穴里，外头的圆环上拴上一根线绳，绑在拱起的树根上。那种暗穴我是不敢用手掏的，害怕里边有蛇。一想到蛇，脊背都瘆得发凉。等了个把小时，哥过去拉起铁钩，有的上面竟然勾着筷子那么长的黄鳝，有时可以钓到三四条，哥把它们装在小铁桶里提回家去。我对黄鳝不感兴趣，看那样子总像是蛇。母亲用油下了锅，我是绝不吃的。在宰黄鳝时，母亲拿来一张干净的硬纸，把黄鳝血接着，涂在纸上，这是母亲制作的止血贴，说来倒也灵用。

说到蛇，不得不提村南的那片苇坑。大约有十亩的样子，两边是水，中间是一条小路，是通往打麦场的近道。麦天时，回家提开水，拿口袋、麻绳，一趟一趟跑腿的全是我。一次走到中途，见一棵苇根上盘了一条蛇，远远地望见，就住了脚步，不敢再往前走，一直等到后边来了人，方才跟在身后，心怦怦地跳着，溜着路边蹑手蹑脚地跑了过去。回来的时候，再不敢抄那条近道，绕到村子中间的大路上了。

苇坑自是一片乐园。春天的时候，芦苇钻出芽尖，像竹笋一样，等有一撑子高时，我跟姐姐一起去抽出几根芽芯，再把中间的部分去掉，含在嘴里鼓起腮帮用力气去吹，能发出响亮的声音，我叫它芦笛。夏天的时候，苇坑密密挤挤，长满了芦苇，有两米来高，像细竹一样高瘦，密得下不去脚，下边全是泥水，不大敢进去。大点儿的孩子胆子也大，竟然闯到里边，去捉水鸟。鸟只会"喳喳"地叫，我们管它叫"喳喳飞"，比燕子大些。它们把鸟巢筑在芦苇的三分之二处，用草把附近的几根缠在一起，用草和羽毛筑的鸟巢既柔软又暖和。这巢一般都筑在人难以靠近的深处，往往是在苇塘外听到鸟叫，却很难看到它们。秋天的时候，芦苇长出灰色的穗，像是狼的尾巴，油光发亮。那时不懂得蒹葭苍苍，只觉着一片苍茫。冬天时，母亲把芦花折了一捆，挂在屋里，每天往我的棉鞋里放。跑了一天，棉鞋里湿淋淋的，芦花放进去，一下子暖和了起来，不再冰凉。晚上回去，母亲再掏出来，换新的。谁家要盖新房，会拿着镰刀到芦苇荡里去割上一片，用麻绳织成厚厚的席子，铺在椽子上，再覆上砂灰，外边叠上蓝瓦，这样盖出的瓦房，冬暖夏凉。

学校在村西，我家住在村东，每天上学，来回得从村子中间穿过，有二里多的路程。有一条小路，可以从两片大的坑塘中间穿过，中间有一片空地，生长着几棵墨赫梨（野山楂），有鸡蛋那么大，墨黑色的皮，味涩。感觉新鲜，摘来揣在口袋里。村子吃水，都用一口老井。水井在路中间，井台上铺着四条又宽又厚的长青石板。水井东边是水塘，边上有一棵棠梨树。花开之时，满树银花，气味芬芳。我就跟五哥一起坐在树下玩耍，末了折几枝棠梨花，回去插到瓶里，灌上水，可以存活两三天。姐姐告诉我，在水里掺上红的或蓝的墨水，过一段时间花就会变成相应的颜色，我一一试来，果然如此，觉着奇妙。五哥折花送给邻村的丫头，现在想来已记不得她的名字，看她笑得很是灿烂，五哥也很高兴。

很多年过后，有一次我还提起这事，五哥愉快地说出了她的名字。真好，阳光下的笑容，和那洁白的棠梨花。

春天，草刚萌芽，到了星期天，姐姐带上我一起去柳河的北岸，去抽一种叫毛芽的茅草。放在嘴里，绵软中带着一股青青的草香，汁液甜甜的。一到夏天，茅草就变成白茸茸的兔尾，在风中摆动。有老人讲，茅草是一种草药，冬天煎茶，可以治疗哮喘。每年母亲都会采回一把，挂在房前，也没人用。母亲说，防备着，万一有人找呢？母亲就是这样热心，明知自家不用，却采来以备他人急需。

三

到我上初中时，路边、河边、四支渠的树便大片大片地被砍伐，轰然之间光秃秃的，再种，也不见有树长成。悄然之间，路边、沟渠都被人平了，种上了麦子。年年种树，不见成活，干脆也就不种了。连四支渠也在夜间被人们挖去垫了宅基地。一时间，到处都是树的农村，变得空荡荡的。小河逐渐干枯、断流，村子周围的坑塘也都干了，地表水开始枯竭，水位迅速下降，从地下抽出的水质越来越差，烧开后，茶水白乎乎的，茶壶壁上结着厚厚的水垢。地表水污染严重，大家都在担心着健康，天也是一年比一年干旱。

因工作，来到北方。春天时常刮上好几场沙尘暴，门窗关闭得严严的，第二天早上一进屋子，地上、窗台、桌子上还是一层的黄沙。沙尘暴刮来时，漫天的黄尘沸沸扬扬，身上尽是土气。小区院内的车上，一到冬天下点儿小雪，也是黄的土粒，空气里到处飞着白色的细小的颗粒。一到春上，常常感到咽喉不适，去医院开了药，吃后也不见有什么效果。常年断流的河道里，甚至草都不长，尽是沙子、鹅卵石和干涸的土。

四

国家开始对河道的污染源、城市的绿化问题进行治理，郊区种上了树，裸露的土地种上了植被。家乡河渠上游的造纸厂一家一家都关闭了，又黑又臭的河水经过数年的治理后开始变绿转清，河堤两岸作为国家湿地公园进行大力开发，种植了花、树和草。春天的时候，在堤岸的草丛里，喜鹊蹦跳着找寻着虫子。一天下午，听到窗台上有鸟叫的声音，我推开窗，一只鸟立在窗外的空调机上，由于我的打扰，嗖的一声飞离。傍晚时，透过阳台的玻璃，看到马路上一棵树上，有一对喜鹊衔着树枝在忙碌地筑巢。农村老家的麦垄里，常常可以看到十数只的蓝背和喜鹊，展翅一齐由此向彼飞去。

城市逐渐可以看到蓝天，疏通的河道里能够见到漂亮的白色水鸟，长长的腿在浅水里走动，脖项不时地弯曲，用喙啄食着水草。从郊区的树林里走过时，能看到树上有野鸡飞过，马路上还能看到刺猬。近些年不再有沙尘暴天气，空气也显得干净，天空常常显出蔚蓝色，可以看到童年时候的云，变幻莫测。夏天雨水也多了起来。

一切都在好转，青山绿水，金山银山。只是家乡那砍伐的树、毁坏的沟渠，还有那不断下降的地下水的严重污染，也许还需要很多年才能恢复，有些破坏可能会成为永久不可弥补的遗憾。

近期由于学习驾照，需走上好远到城外的郊区。一路上，马路两边的绿植高低疏密，一派绿荫，穿行其间，绿影婆娑，明暗相间；竹叶窄窄的，密密实实，一丛一丛，一片一片，人行道上边的交叉到一起，空出一弯道路；石榴花开得正红，地上落着红色的花瓣，被太阳烤干，皱皱的，铺得道上、石榴的根部，一片红印。

去到南方山区，看到山上又密又挤的绿植，一棵挨着一棵，那么碧翠。白天里常常会下一阵微雨，空气里的水汽充足，黄桷树干上垂下棕色的根须，一直可以拖到地上。山林里可以看到松鼠、野鸡、兔子穿过。在车窗里看到动物时的惊喜，不亚于进入了动物园。半山腰缭绕着云气，总感觉是在电视上看到的画面。空气干净，皮鞋擦上一次，如果不是雨天，能够保持一周光亮。

进入北方的山区，岩体裸露，多了几分伟岸、宏大和壮阔。大朵大朵的岩石，像蘑菇萌出的样子。春天的时候，山丛间盛开的花，远远地看着像一团云雾。谷里河涧，水被一层一层筑起的石阶拦着，似断非断地流着。一路上山路回环曲折，用石头雕刻的地名，诸如片上村、金蟾洞、卧龙、马安、前头港、西石门、王老铺等，听着名字简单、自然、古朴，颇有意思，耐人寻味。

国家明令不许捕杀鸟类，近些年，鸟又可以看到了。人类的保护意识逐渐提高。住在城里，早上五点多就被鸟鸣吵醒，道旁的绿化树上，常可以见到鸟影，地上遗着斑斑的粪迹。鸟终于回归到了我们的生活中来，几十年，感到不易。在河堤上散步时，甚至又看到了翠鸟。十岁的孩子也叫道，"翠鸟、翠鸟"，那欣喜的表情，就像数十年前的我。一次到秦皇岛看鸽子窝，广阔的湿地，有许多种水鸟集聚在这里，让人感叹这是鸟的世界。

环境的绿化，还有很长的路要走，是需要几代人共同努力去做的工程。为了我们的明天，为了我们的子孙可以看到青山绿水，让我们和国家一起努力，使我们的生存环境逐渐地发生改观，变得越来越好。至少可以在夏天的水边听到蛙的鸣叫，看到燕子、红色的蜻蜓从水面掠过，鱼在荷梗间游动。生活在有鸟的世界里，欣赏鸟韵之美，崇尚那份自然与自由的心性，怎么会不更爱我们的环境和家园呢？

2020 年 5 月于漯河市

枣树（外三篇）

　　每每从市区返回，已是星月之际。从主干道到公司有一段长长的窄巷，弯弯曲曲，两旁尽是人家，可以在昏黄的灯光下看到两棵枣树。一棵长在院落的矮墙之内，一棵长在路旁。时已入秋，树枝被累累的果子坠成弓形。枣树的叶子，大如指尖，在昏暗的夜色里熠熠闪光，枣子也泛着点点亮光。这枣树、枣、院落，让时光好像回到了三十多年以前。

　　老家院内种着一株矮枣，院外路旁种着三株枣树，院里和院外的是两个不同的品种。院内的叫石磙枣，院外的是羊屎蛋枣。村人都这样根据枣个儿大小给枣分类。还有一株枣树长在村南，枣细长、白嫩，连核也是又尖又长的，村里人叫它灵枣。

　　每至枣树成熟之际，我便是看枣人，防着村里顽皮的孩子用麻编的长鞭打枣子。老辈人说，枣树不怕打，但怕用麻鞭打，用麻鞭打过的枣树，到来年就不旺，结的枣就稀。那时也不懂，大

187

人嘱咐，便信以为真，有路人打枣且不去制止，专看用麻鞭打枣的孩子。

一次同村的一个女孩子拿着麻鞭前来打枣，我硬是不让。我有一次从学校回来，村人纷纷议论，说村里来了一只疯狗，又高又大，进了那女孩的家，咬伤了那女孩的腿和胳膊，形容得惨不忍睹。那女孩住了半年多的医院。每每想到此，总后悔不该阻拦她去打枣子。

枣子成熟的季节，我总会在早上或晚上趁姐姐和母亲做饭时，打些青枣，用水洗净，放在汤里。煮熟的青枣，张开了皮，又面又甜。

春天的时候，枣树叶子钻出来得比较晚。姐姐告诉我，枣树叶可以做肥皂，我便一遍一遍地验证。从树上摘下枣叶，放在毛巾和衣服上搓洗，还真能搓出肥皂花。

枣花开的时候，是绿色的，花小如米，引得蜜蜂嗡嗡地飞来飞去，常在枣树干上结下几块蜂窝。母亲说，这是马蜂，惹不得，蜇人尤为厉害。我是不敢去惹它们。也有大胆的孩子拿了竹竿去捣毁蜂窝，马蜂的嗡声变大，振着翅追了人去。最终马蜂窝还是落了地，孩子们用竹竿挑着，喧嚷着凯旋。大人们都说，马蜂窝到了冬天可以治支气管炎，治咳嗽。

冬天的时候，光秃秃的枣树，露着长长的枣刺和圆圆的节疤，这时候看枣树又矮又瘦，压弯的枝还未完全恢复。

枣树，又像是村里做农活的父辈。树有时真像是人。

灰灰菜

灰灰菜（藜）是一种极普通的野菜。也许现在的孩子不会再把它归入野菜，权作野草吧。

茎和叶通体绿色，叶面平整，形如菊科，背面有层白霜。若没人去破坏它，能长到半人来高。

幼时，跟母亲一起去割草，母亲告诉我，这叫灰灰菜，是可以吃的，用来下面，耐嚼。也许是高纤维的缘故吧。

母亲还跟我讲灰灰菜的神话传说，令孩童的我遐想万千，常常把自己想成是那神话传说中的主人翁。具体的故事内容不记得了，母亲讲的故事，总离不开勤劳、善良和好心终有好报的结局。

自此，我记下了灰灰菜是可以吃的。虽然，母亲没有再掐来灰灰菜下面。也许，在过去缺吃少穿的年月，各种野菜都是珍贵的，所以母亲能认识好多野菜的名字。哪种是野菜、能不能吃，我也是从母亲那儿知道的。

多想，多想，再听母亲跟我讲一遍灰灰菜的故事。

听母亲讲故事，会很幸福。穷人通过勤劳、善良、帮助人，最后都会富有。

只是，母亲，再也不会给我讲故事了。

加减乘除

幼时读书，尤爱文史、地理，但不擅死记硬背，了解了大概，懂得里边的脉络、起承便算读好。读文学作品时，先从语言着手，从作者的语言表现力开始欣赏，然后看内容和故事，再欣赏那刻画人物、情节的笔法和呈现出的意境。

对于算学，总是愚钝。记得上小学二年级时，一天中午放学前要背会乘法口诀。那时对于口诀不甚明白，就是读与背，轮到我时，已是读得嗓子冒烟，仍没有背下来，老师看我如此，只得放我回去。

如今四十有余，白发已染双鬓，发际线一层层地往后退去，突然感觉人世沧桑。人生实则是一道加减乘除的混合运算。

孩子的时候，有问不完的问题，母亲说我是个话痨。那时不甚明白，对世界充满好奇，总有探探究竟的冲动，走到哪都有问不完的为什么。童年和青年实在是加法的人生，接纳大千世界的奥妙和玄机。世事多变，万物精妙，岂能完全驾驭和参透？

参加了工作，老人、孩子和老婆，柴米油盐和酱醋，工作的劳累，下班后的夜读和写作，人世间的婚丧嫁娶及生老病死，等等，蜂拥而至。有的来得突然，让人措手不及，喜忧、悲乐、爱恨，终成一幕人生话剧。生活实在是大负荷的乘法运算。

四十岁以后，辗转变换，调整身体和心理的负荷。开始看一荷、一树、一事、一人的美与丑、善和恶，渐渐地冷却膨胀的情绪，开始忘却有些人、有些事，不想再翻开那一页。就像手机里的联系人，过一段时间存入一部分，悄悄地移出一部分。有些圈子不愿进入，也不想去了解，不想了解他们的世界。每天也有可能打开一个新的世界，会更深入和专注地走进去，譬如艺术和学问、美和善良。手机储存的信息得不断地删除更新。人生又是一道减法运算。在日新月异、科技日益发达的今天，我们不得不将某些东西从记忆里消除，就像痛苦和历史上的战争，但是遗留的根和阴影又如何抹得干净？

人生就是一道加减乘除的混合运算。我们每天都要面对新的事、人、艺术和学问，每天又都要删去不必要的一些事和人。

记得一种人心，叫善；记得一种花，叫美；记得一种境界，叫理解；记得一种阳光，叫上进。每天多努力一点，人生是丰富的。用加法和乘法不断地丰富和装点我们的人生，用减法和除法不断地简化我们的内心世界，留得一份安然和超脱，静静地端详这个世界和人心。

泡　菜

生产队时，天一凉，母亲就开始腌各种咸菜，芹菜、芥菜、萝卜丝。芹菜是切段放入瓷坛，浇上老醋和盐巴，过些时日会渗出半坛水。芹菜浸在盐水里，何时吃都是脆的。我那时不甚喜欢芹菜的味道，嫌纤维太多，嚼到最后尽是菜筋。芥菜和萝卜，擦丝晒干后入坛，拌上盐、酱油和醋，封存。坛子里无水，菜丝是干的，醋和酱油都被吸入，菜丝开始膨胀，逐渐入味。吃的时候，加入麻油、香葱，味道咸、酸，口感软而筋道，嚼起来咯吱有声。我很是喜欢又韧又脆的感觉。

当然，伏天的时候，母亲会晒一坛酱豆。煮了的黄豆，晒干，用薄膜捂起来，等生了霉菌，再打开，把长长的霉菌去掉，放入瓷盆，加入调料，再放入西瓜瓤。外边罩上纱布，中间用一支筷子或是细棍撑着，顶着纱布。放在房顶上暴晒，雨天搬到屋檐下。到了秋天，又黑又红的酱豆也就晒好了。吃的时候，切上几段线椒、葱花，拍几个大蒜，用热油烹炒，再加些水，一时间，厨房内嘶嘶有声，水汽裹着酱辣味直钻鼻孔。

臭豆的做法跟酱豆大致相同，只是不做咸酱，是干的。豆子捂了之后，去霉菌，用盐腌上晾晒。豆子是一粒一粒的，吃的时候，用勺子挖出放在碗里，放入麻油等调料，倒入烧滚的开水进行烫泡。用馒头或大饼蘸汁夹上豆子一起吃，颇能下饭。

过了年，天气变暖，腌菜就开始生蛾变质，这时只能倒掉。家里的腌菜，怎一个咸字了得。

川渝的泡菜，其制作材料和方法不尽相同。材料讲究新鲜，用圆白菜、萝卜、芥菜，浸在坛子里的卤水中。卤水的制作很简单，把水烧开再放凉，加入适量的盐、白醋、少量的花椒和泡椒即可。

泡菜封存一周即可食用。经过一周的浸泡洗礼，泡菜一点儿也没有改变模样，品相很是精神，跟初入坛时一样饱满，有模有样，不像中原的腌菜，蔫而且皱，像是经年的树皮，掩不住的沧桑，老而且硬。川渝的泡菜，吃起来咸淡适宜，脆酸爽口，又带着蔬菜原始的鲜味，很是可贵。

去山西面馆吃面和米皮，常要一碟泡菜。西北的泡菜，是另一种风味，吃起来既有筋道的肉感，又有脆爽的感觉。也是泡在卤水里，原材料大致相同，但要晾晒成半干，卤水里还要加上酱油和陈皮。

不同地方的泡菜制作和口感不尽相同。西北的腌菜，简单、古朴；川渝的泡菜，简洁、清爽、光鲜；平原的泡菜，有着点豪迈和沧桑。

2019年12月于北京丰台区

槐　树

　　村里有棵老槐树，异常粗壮，至于树龄，没人知道。夏天，开满细细的槐花，淡香笼罩了半个庄子。母亲说，那是脚茧子树。秋天，树上结着淡绿的槐角，槐角鼓鼓的，有孩子用长长的细竹打下来，我用手剥开厚荚，放在嘴里，味道又苦又腥，沾在手上的汁液又黏又稠，豆腥味洗了也难以去除。后来看了书，才知道它也叫槐豆，是可以入药的。

　　村人都说树上住着槐爷，经久了，槐树成了精。至于槐爷什么样，没人见过，但村民人人信其有，逢年过节，会有人带上供品，烧些香纸，祈求风调雨顺，多打粮食，平安无事。愿望朴实，村风淳朴。槐树在村民的心目中是至高的神灵，没人去伤害它。槐树老了，树干中间被虫啃噬成了空洞，空洞一年比一年大，树冠只有一半会吐出新叶，另一半已经干枯。历经夏天的暴雨和冬天的寒风后，枯枝从上面跌下来，摔成数段。槐树一年比一年瘦矮，跟枝繁叶茂时截然不同。树的衰老，像人的衰老。外婆常说，人老了，是会缩的，个子会变矮的。看到槐树的衰老，我确信了外婆的话。衰老是生命的一个过程。

槐树长在一户人家的院墙边上，那户人心善，精心地呵护着槐树，扒房盖院均小心地叮嘱不要伤了槐树。槐树成了一村人崇拜的图腾。

槐树最终还是完全死掉了，有好几年不见冒出叶子，它成了一段黑色的树桩，依然没有人轻易去动它。槐树一天天地缩小，终于完全腐蚀殆尽，那户人家似乎也完成了看护它的使命，这才圈上了院墙。那户人家的老大娘临终前，得了不治之症，卧床不起，儿子儿媳从不嫌弃，每天端出衬垫的布片去池塘里洗，村人都夸他们两个孝顺。

很小时，母亲告诉我，河上街也有棵歪脖子老槐树，离村子有三四十里路。老槐树那有一个掐膏药的，很灵，有次哥得了痄腮，父亲和母亲背着哥跑了一天，贴了一张膏药就好了。老槐树的膏药名声很盛。老槐树长在我童年的记忆里，但我第一次见到它时，已经是为人父的不惑之龄，母亲已不在人世了。老槐树长在沙澧河交汇处的岸旁，据县志记载，是明初山西洪洞县移民带过来种下的。这是中原文化与西北洪洞文化的一次融合，为中原浇注了一股西北文化的风尚，也显示出中原文化的包容和多元。

有种刺槐，暮春百花开罢，它才迟迟地从经年的老枝上吐出一串一串的槐花。槐花开时，一片香甜味弥漫在小村里，几天的工夫，花一嘟噜一嘟噜，圆滚滚的，既稠密又肥实，蜜蜂嗡嗡地忙碌着。花开时的甜味，通过风和空气的传播，似乎可以钻进人的鼻孔里，停在舌尖上。孩子禁不住槐花的诱惑，会把槐花放在嘴里吸吮。邻居大娘这时会跟我讲，槐花在青黄不接时是可以救人命的。

我家东屋外头有一株老槐树，是父亲种的，我记事起就那么粗，过了几十年似乎没有什么变化，还是那么粗。刺槐的树冠一律不大，不像结槐豆的古槐树冠阔大。刺槐的槐花摘下来，可以撒上面粉，放在笼内蒸熟，再拌上蒜汁、麻油，不啻一道美味。槐花冲洗后控水，拌上鸡蛋炒，既香又筋道。槐花还可以用来包饺子，颇有风味。因为翻盖房子，院外的两株槐树都除掉了，不免可惜，让人怀念每年槐花盛开时的情景。又是槐花开时，我回到村里，邻家小侄拿来竹竿，钩下一串一串的槐花，让我带回城里做蒸槐花，那是满满的一份情味。在北京市的房山区，从十渡镇和河北镇两个方向进入山区，通过崎岖的山路是可以走通的。暮春时，山口总有卖槐花蜜的，蜂蜜里有种淡淡的槐花的清香。母亲常年身体不好，有便秘的毛病，我时常买些槐花蜜给母亲冲茶喝。母亲说，很甜。

北京老城区的街道里，种植着成排的槐树，入了深秋，密集的槐角，在阳光下一闪一闪的，晶莹透亮，沉甸甸的。北京人爱种槐树，老城区里上百年的槐树是很容易看到的。我感觉树龄较长的当属曹雪芹西山故里的槐树，树龄在 300~400 年，那种遒劲沧桑的姿态，让人心生敬意，据说《红楼梦》就是在这里完成的。曹雪芹不仅是文学大师，还是一位制作风筝的能工巧匠，有《南鹞北鸢考工志》有世为证。

北京的老胡同，又细又长，这里不曾整齐划一，总是参差不齐。四合院一律都矮，入院甬道也是窄窄的，两边放着自行车、旧椅子等物件。有的人家门口种着几株蔬菜，辣椒、秋葵，有的墙壁上拖着葫芦、冬瓜、南瓜、梅豆、喇叭花，也有种植月季、小桃红的。那些空了的房屋，不用问，从房顶上就能看出。多年不住人的房屋，房顶瓦缝里长着密密细细的长草，秋天一片衰落枯黄。住人的院落，到处飘着人的影子和人的气味，院落里晒着被褥、衣服。傍晚时，会看到一对老者对坐闲聊，谈些旧年政坛要员的趣事；走过的两个妇女低低地唠着家常；一个老妇人一边走一边自言自语，还不时地发出笑声；一个老者每到晚上就会在院门外独自抽烟，浓烈的烟味扑面而来。北京的胡同里演绎着普通人的生活百态。

前门片区胡同，最热闹当属留学路。留学路在明朝时叫牛血胡同，民国初年，有要员认为不雅，根据谐音，把"牛"改为"留"，"血"改为"学"，清末到民国又是学习西方文化的高峰，留学路的名称就这样沿用至今。留学路约七八米宽，长约一千米，一街两排店铺林立，两边的胡同像蜈蚣的爪子。胡同里一律保留着老北京四合院的建筑，演绎着老北京人的烟火生活。有卖烧饼、猪头肉、白水羊肉、酱菜的铺子，也有卖古董首饰，修锁、补鞋、配钥匙的小店，给我印象深刻的是宫门口馒头店。一到饭点，买面食的排起长队。它卖的杂粮豆包，皮薄如纸，包裹着黑色的、红色的、紫色的诸多豆类，香甜可口，吃过后有利于肠胃消化。还有几家卖大饼的，锅里涂了猪油，烙出的大饼，一层一层，既香又筋道。水果店里的水果，从店铺里一直摆到门口外边，琳琅满目。还有烤鸭店、拉面馆、快餐店，东北菜、重庆火锅、老北京铜锅涮、上海吉祥混沌、安徽板面、河南烩面……这里的消费都是平民化的，价格不贵。

穿过几条胡同，不曾听得京胡的声音，但你也会感到京戏的味道无处不在，张二奎、余三胜、程长庚、王瑶卿、杨小楼、谭鑫培，诸多名角皆曾居住于此。京剧不甚惊艳，一旦爱上，唱念做打不免让人叹为观止。昆曲里透着古雅，京剧里透着手眼身法步的讲究和幽默逗趣。《女起解》中的幽默对话，是人物在剧中艰难的环境下流露出的智慧。令人心酸的笑声，让观者体会到了人生百态。京剧的很多东西值得地方剧种学习。

一株一株槐树上的槐角，在风霜里浸泡，变黄，收缩。

我确信，经过寒霜后的槐豆是一味上品的中药。

2022 年 12 月写于北京前门，发表于《牡丹》2023 年第 1 期

麦　香

一

北方长大的孩子，一日三餐，无面不食。面食，材料简单，花样多重，随手即来。尤难忘记故乡面食的那种筋道和麦香味。

幼时早饭的主食，自然是烙馍。母亲擀，姐姐翻，我烧鏊子。烙馍，翻上三番，一股麦香自然飘散，不用菜，不用酱，也不用咸菜，单单就那薄饼，如牛皮纸样的厚度，我一口气可以吃下七八张。那种筋道，那种麦香，是我离开故乡后，在异地吃面食时所没有体验到的。早上的稀饭，是开水烧滚后，冲上小麦粉拌的面糊。烧开后转入小火，一直到呈金色，汤才算是熬出成色。盛到碗里，冷却后，一饮而下，那股麦香味，穿梭在唇齿之间，满是中原故乡的味道。中原适宜麦子生长，气温适宜，雨水、阳光充足。历经四季，风霜雨雪，冰寒暴晒，麦子在一派希望中金光灿灿，最终走向成熟。沉甸甸的麦穗勾画出北方男人那种独有的气质和情怀，就连皮肤也是小麦粒样的颜色，那份成熟、简单、稳健、内敛，是中原人的特色，真是一方水土养一方人。中原自古为兵家必争之地，除了交通便利，适宜居住，更重要的是土地肥沃，能够生产麦子，可谓天下之粮仓。

小时候觉着麦子太平凡，是不可以入诗的；同时，麦子在物资匮乏的童年，又显得那么金贵。人到中年，才懂得它的味道和意义，感觉麦子更像是散文，飘散着苦辣酸甜后的一种温暖和怀念。

二

离开河南后，才懂得面的好、妙和独特。第一次去开封，中午吃了一碗芝麻叶杂面条。汤是熬制的鸡骨汤，面是用黄豆面、绿豆面，掺上小麦面，手工揉成团，醒面后再擀制而成，又薄又窄；碗里放入刚钻芽的黄豆，以及用开水烫泡后的干芝麻叶，滴入些麻油。杂面条，吃起来绵软筋香，加上芝麻叶，有种阳光暴晒后的香味。一碗简单的芝麻叶杂面条，就这样不知传了多少代，至今还是让人难以割舍。

烩面，也许最能代表河南之面。烩面，主要是以里边放的肉来进行区分。南阳烩面以牛肉为主，郑州烩面以羊肉为主，漯河烩面以鸡肉为主。烩面做法简单，节约时间，一碗烩面从拉制、出锅、入碗到上桌，不用三分钟，但是面、汤的准备非三分钟可以完成的。漯河有三家烩面比较有名，一是薄记的鸡肉烩面，二是丁记的羊肉烩面，三是项记的鸡肉烩面。正宗烩面大多为清真饭店。

　　薄记的味厚，咸香麻辣，汤汁肥浓不腻。小碗一坯面，大碗两坯面，夏秋碗上漂着几丝绿色荆芥，冬天是芫荽，春上是蒜苗，再放上几根海带丝。烩面，面馆颇多，主要工艺在百年老汤。老肉汤常年不断火，取了肉汤后，不断续入大料、鸡块、水，满锅带汤肉，带着大料的味道，能隔着马路传播很远。二十多年前，一到夏季，院外的马路旁摆满桌椅，交了钱写上票号，服务员等一锅几十碗出来后，推着带轮的小车叫号送餐，很是热闹喧哗。吃得人满口生香，大汗淋漓，有的男人脱去外衣，赤裸着臂膀，为那份咸香麻辣大呼过瘾。几台大风扇呼呼地转着，人来人往，川流不息，从下午五点多一直到凌晨两点时分，方才收场。薄记烩面最多时开有六家分店，家家爆满，不仅经营烩面，还经营烧鸡，几乎成了漯河的一道美食风景。后来听说老板薄和平转行到房地产开发上，烩面不再是他经营的主项。分店逐渐地关闭，如今街面上仅保留两家小店，打的仍是薄记的招牌，味道还是原来的味道，只是昔日盛况不再。薄记成了一种记忆和怀念中的味道。

我每次从外边出差回来，总想着去吃上一碗又麻又辣的薄记鸡肉烩面。

丁记的是羊肉烩面，调味是羊肉老汤。汤经日夜熬制，呈现出干净的乳白色，毫无渣子、油块，香而不腻。项记跟薄记均是鸡肉烩面，但味道不同，薄记味重，香咸；项记的味轻，香淡，碗内放有两个鹌鹑蛋，每碗送上一小碟糖蒜瓣，是另一种风味。如今在漯河市区有好几家项记分店，一到饭点，客人颇多。项记烩面的历史应该跟薄记大致相同，但几十年来，一直精心制作烩面，不断发展，生意日益红火。

三

记得二十年前漯河老大桥北，一到晚上，美食如林，大多为牛肉拉面。每个摊位前支了一口大锅，里边炖着大块小块的牛肉；面是拉成的粗条，浸在油内。面一出锅，伙计用勺子从肉锅里舀出汤和肉块倒入碗内，汤上漂着细细的香葱，香味悠长，面又筋又香。

兰州拉面，店面修整干净、时尚、大气。他们做面和汤尤为讲究。面分毛细、细、二细、三细、韭叶、大宽，一个店面要三四个精壮西北小伙，纯手工揉拉面，细细的拉面拉出了一股西北汉子的柔情。汤亦是精心配制的经久老汤。兰州拉面的开店是有严格的行业标准的，在市面上说不上火，但也是一种不错的特色餐食。他们做出来了一定的标准和规模。而河南烩面就缺少这种业内的联合团结精神，各自为政，总上不了大的台面，没有形成一个良性的普及地方风味餐饮的组织。

热干面，最初出自武汉，传到河南，经过多年本地化的改造，更符合北方人的口味。面煮至不软不硬，拌上芝麻酱，放入香葱、芹菜丁、榨菜、绿豆芽，配上几块面筋，加进麻椒、胡椒等搅拌均匀，味香可口。大街小巷处处均可看到热干面的招牌，风味做得独特的要数三五一五工厂院内和二中对面的摊位，每天前来吃热干面的人络绎不绝。店铺不大，常常爆满。出差到了外地，看到热干面颇感亲切，一问老板，大多是河南老乡，味道虽说不如河南境内地道，倒也像模像样，吃起来倍感亲切，让人生出一种对故乡的怀念和眷恋。这不仅是一种味道的记忆，更多是一种恋乡情结。

新冠肺炎疫情期间，闲居在家，我便承起家里做饭的一应事务，常常看些短视频，学着做些面食。有时失败，有时成功，有时在原食谱的基础上加以创新，如"郭氏担担面"应该是我的一项创举，颇得孩子的喜爱。先是用铁锅把芝麻炒得噼噼啪啪乱蹦后，放入石臼捣碎；再是用铁锅炒花生米，用锅铲不停地搅拌，避免糊锅，炒熟后去皮捣碎，用小勺挖入小碗；然后把大蒜、石香菜捣烂成泥，放入盐巴、香油，用水调制成汁。菜分两种，一是用鸡胸切丝，放入香菇细块，加入油、盐翻炒，再倒入黄豆酱，用大火炒出酱味，再加热水，形成汤汁；二是芹菜切丁，加初萌芽的黄豆，用开水煮熟后捞出放在盆内，再加入黄瓜丝、香葱碎、荆芥叶。面是用细的圆面条，煮熟后过水，过一遍后倒掉三分之一的水，再用凉水注满。水过热，面会发黏，过凉，吃后肚子会不舒服。面捞出后，依次加入蒜汁、芝麻盐、碎花生米、香葱搅拌，再把肉酱汁盛入碗中，上边依次放上黄瓜丝、黄豆芽、芹菜丁、荆芥叶。吃起来很是清爽利口，看似捞面又非捞面，小女叫它担担面。看着一家人吃着我亲手做的郭氏担担面，不免生出几分豪情。曾痴心妄想开上一家担担面小馆，酱品嘛，倒是可以多做出几种花样，我想应该会有一部分属于我的忠实顾客吧，不过只是如此想想罢了。

　　一次在西安看到岐山臊子面，一是为了在三国闻名的岐山，二是为了尝新鲜，要了一碗带汤的。菜都是细细地切碎了的，汤中带着西部菜的酸味，有着一种地域的特色，显得别有风味。中原的面食简单、便捷、原始，带着一种阳光暴晒的麦香，这种麦香成了中原面食的神韵，让飘荡的游子从中怀念那种乡魂。西部的面做得更加丰富、精致和有特色。山西刀削面，带着豆瓣酱炒后的厚味；裤带面，一碗面就是一根，又厚又宽，像是西部汉子的腰带，带着男子汉的阳刚之气；油泼面，淋着热油辣子的椒香，直钻人的鼻孔，那股香味显得别有魔力；牛肉面，不用加碱，面筋道、有韧性，可以细如发丝而不断不烂，牛肉汤带着淡淡的膻味，像西部的历史一样显得厚重；秦记面皮——秦好像不是姓氏，我想应该是秦地的标识——有那股秦风古韵，面皮又薄又韧，香辣中带着点儿酸，葱姜末像翡翠一样碎碎地点缀其间，盛在又大又深的蓝色花边碗内，显得古朴、大方，有一股八百里秦川的风味和气魄。

河南有蒸面条，又叫卤面，又香软又筋道，有面、有肉、有菜，做法很是简单。面一定是用细面条，蒸熟后拌上菜汤，再上火蒸，把菜汤蒸入面里，一根一根的面条蒸得透明晶亮。肉一般用鸡块，菜可以配上黄豆芽、绿豆芽、芹菜。蒸熟后，可以拌上洋葱、拍碎的大蒜，再配上西红柿蛋花汤。快、简单、方便，这是河南饭的一贯风格。蒸面条跟河北人吃的焖面有相似之处，但做工还是有所差别的。河南还有炒面，是把面先过油炸，再用菜汤炒软。

北京的炸酱面，卤又咸又香，配上多种水煮高纤维蔬菜，面又厚又硬，需过水，肠胃不好的人一般不敢尝试，自有一种京味风格。

安徽有板面，面是用手或专用器械压制而成，又硬又筋，卤是牛肉粒加上大料、香叶煮制而成，还可以放入鸡蛋、豆皮，口味也显得独特。安徽还有一种牛杂面，口味也是不错，倒是不常见到。

到了川渝，也有面食，如重庆麻辣小面，且分出排骨、牛肉诸等口味，漂着厚浓的红油，有着几分天府之国的辛辣味道。只是那面加了碱，面条僵硬无味。近些年来，各大城市到处开店，不过是徒有虚名而已。

在西餐厅里吃到意大利面，面是圆的，或方形的，经水煮后放在铁板上，加上洋葱，拌上西红柿酱，有种微甜微酸后的香味。偶尔吃上一次，也算别有一番异域风味。

四

河南人的主食，晚餐以馒头为主，早餐以饼为主。葱油饼、鸡蛋灌饼，还有火烧和烧饼，散发出那种经火烘烤后的焦香，像饵样地诱人，光气味就足以让人垂涎欲滴。老式火烧，带着芝麻，半发酵式的，有着点儿碱味，外焦里嫩。

山东炊饼，面是发面，又松又软。把面团贴在铁皮上，再翻到炉子里，一直烘烤出香味，再翻转出来。靠铁板的一面又酥又焦，内侧则又筋又软。口味分两种，一种甜味，一种椒盐味。

饼做得最好吃的，我感觉当属河北。河北人爱吃饼，村里街角，可以没有卖馒头的，但是一定有卖烙大饼的。一张大饼有炕锅那么大。面是死面，和面时用盐水，锅里一定刷上猪油，一出锅，既筋又香。河北人爱饼是有佐证的。炒饼丝，用绿豆芽或圆白菜，切上葱丝、姜末，用鸡蛋或肉丝炝炒，一定加上酱油。再要上一小碗紫菜蛋花汤，漂点香葱，有吃有喝的，下力人吃过后，也就心满意足。炒饼恐怕是河北、天津所独有的，其他地方很少见到。廊坊霸州堂二里镇，有葱花饼，很是闻名。有一次慕名去吃，方知它的好来。葱花是用油盐拌过的，毫不吝啬。饼是有厚度的，一层饼一层葱花，每层又薄又筋，真有千层之说。那种筋道、暄腾、香味，让人为饼做到如此精致好吃而感动。

山西锅盔，又大又圆，又厚又硬实，带着西部的淳朴和厚实，像是冷兵器时代用的盾，古时很适合出门携带。要一碗热腾腾的羊肉汤，把锅盔用刀切成薄块，泡到碗里，加上甜辣酱、糖蒜瓣，冬天里来上一碗，热乎乎的，特暖人心。

新疆的烤馕，边是厚的，心是薄的，烤焦后，刷上酱，撒上椒盐，不仅能充饥，还能感受到馕的皮实厚味。

河南老家的早餐，还有一种带馅的饼，叫菜馍。两张烙馍，中间摊上时令蔬菜，拌上大料，可以放入鸡蛋，放在平底锅里翻烤。一个菜馍、一碗粥，就解决了早餐问题。河北廊坊的香河肉饼，里边放上猪肉、牛肉、羊肉，饼是厚饼，放在平底锅里加油烘烤，出锅后，切块，用筷子搛着吃，又肥又香，颇为有名。西部的白吉馍夹肉，馍是半发酵的，带着碱香味，肉是精挑小块放在锅里用老汤煨着，肥瘦相兼，又香又烂。把肉从锅里捞起，用刀细细地剁碎，加上青椒，放进饼内，是不错的小吃。

五

"上车饺子下车面"，这是北方的俗语。姑娘出嫁前在家里吃的最后一顿饭是饺子，一定要是双数，预示着圆满、吉祥、喜庆。

下车面表示一种热情、长远。前边说了面，自然不能不说说饺子。

中原人逢年过节，尤爱吃饺子。吃饺子预示着团圆，干活有脚力，出门多挣钱财。河南的饺子，馅分猪肉萝卜大葱、羊肉大葱、韭菜鸡蛋几种，口味不丰富。饺子包好，在沸腾的水里煮上三滚，看饺子漂起来了，也就熟了。饺子再配上酸汤，吃起来不腻。用香菜、葱花、姜末加麻油、醋，舀上一勺饺子汤，加入盐味，酸汤就做好了。春节时，还要熬上一锅白菜猪肉炖粉条的臊子。

天津和东北的饺子口味繁多，能有上百种，馅的组合很是自由，好像没有什么是不可以入馅的。西葫芦麻酱，把西葫芦擦丝，拌上麻酱；小白菜油渣，是小白菜拌上油炸的面丁；还有鸡肉馅、鱼肉馅、驴肉馅……应有尽有。东北人吃饺子，讲究现包现吃，图一个新鲜。饺子皮一定是高筋特精面粉，煮后又薄又筋，不会烂。

馄饨在河南是一种小吃，包得很是精致，里边馅不多。汤要用鸡汤，放上虾米、葱花、香菜，加入麻油、香醋，有稀的，有稠的。上海的吉祥馄饨，个大馅多，品种又多，是可以作为正餐的。

北方人喜欢面食，男人大多壮实有力，女人体态丰满，在过去，适合下田劳作。又到了麦子成熟季节，便想到了那魂牵梦萦的麦香。

2020 年 11 月于漯河市

茶

幼时，是不喝茶的，总觉太苦。渴时，喝上半碗母亲用柴火烧的白开水，已是甘味十足。中原的夏天，高温难耐，小满时，母亲让我买一包花茶。家人喝茶是从第一天割麦子时开始的。茶叶是我在早饭后，放在烧好水的大茶壶里，等到半晌，早已冷却，再用布包上馍一起送到田地里。母亲接过茶壶，就着壶嘴喝上几口。刚喝过的茶壶嘴，因天太热随即就干了。我开始拿着耙搂装过车后掉到地里的麦子，一个夏天就这样开始了。

我和姐姐，在不经意间，把白糖和茉莉花茶放在一起，发觉其味甘美。后有远方的亲戚和父亲的朋友送来信阳毛尖，包装是黄灰色的纸袋。家人都说毛尖是好茶，我放在碗内冲泡，一喝又苦又涩，实在喝不下去。茶在我的童年里留着几分苦味。难怪《说文解字》里载：茶，苦茶也；《尔雅》载：槚，苦茶。一个苦字，足够代表我童年对茶的品评了。

青年时，喜欢绿茶。用透明的玻璃杯子冲泡，看嫩绿的牙尖，在烧沸的水里逐渐地伸展，最后还原成茶的完整状态，饱满的牙尖在滚烫的开水中浮沉，状若盛开的花朵。我想，茶只有在这时才是最美的，像漂浮的云，又比云显得真实。方寸间，似乎又大如云天。绿茶像是人的青春时光，轻轻地荡漾，微微地唤醒淡淡的芽之香。绿茶味淡，茶汤也是淡淡的澄黄，有种木质的香气。

川渝的茶，净里净气，这跟它所处的气候和地域有关。空气湿润，茶长在高山之巅，条索细若金丝，颜色碧翠，形状弯曲自然，譬如南川的金佛玉翠茶、永川秀芽、峨眉雪芽等。配上川渝甘洌的水质，泡出的茶水自是淡若云烟，淡美之状犹如古代仕女的蛾眉。川渝不仅产茶，更爱喝茶、摆龙门阵，茶馆比比皆是。川渝人爱喝茶是出了名的，这跟川渝独特的地理环境和富足的自然资源分不开。川渝气候温润，有秦岭隔阻北来的寒流，是一个没有冬天的地方，且物产丰富，享有"天府之国"的美誉。川渝人喝茶，是一种真正的闲适。秦朝之前，川南时常干旱，川北则洪水泛滥，始皇帝嬴政为了攻克六国，一统天下，把川渝作为后方补给之地，派李冰父子治理岷江，修都江堰。都江堰科学地解决了江水自动分流、自动排沙、控制进水流量等问题，变水患为水利，至今仍然造福一方，使成都平原成为富足的鱼米之乡。川渝人的安逸和茶文化的根源在于吃穿自给，无后顾之忧。

在河北省一个繁华的古镇——胜芳，购得二两安吉白茶，芽尖饱满嫩翠，粒粒均匀一致。泡在杯子里，茶叶开始盘旋，像是参加一场高规格的舞蹈盛宴。一粒茶便是一个舞者，杯子是舞池，水是指挥官，水温的高低是节奏和旋律。每一簇叶芽，逐渐地伸展成三片、四片，尽情地舞蹈，步调一致，像经过严格的训练。茶汤清亮透明，入口有淡淡的回甘。白茶是绿茶的白化，颜色比绿茶要淡，是古茶树中的极品。安吉是浙江的一个县级市，环境干净、秀美，是天目山的延续。在安吉待过几天，碰上雨季，抬眼皆是苍翠碧玉。安吉是白茶的故乡。天目山在杭州的西北，龙井即产于此。杭州是名副其实的绿茶之都。读了王旭烽的《茶人三部曲》：《南方有嘉木》《不夜之侯》《筑草为城》，方对天目山、龙井茶、白茶，以及关于茶的人和事有了更深一层的了解。《茶人三部曲》是王旭烽积累十年磨出的一剑，讲述了杭州忘忧茶庄主人杭九斋家族四代人起伏跌宕的命运变迁，波澜壮阔，错综复杂，茶人的执着和品性，尽在其中。

中年，被铁观音的浓厚所折服。铁观音，属半发酵茶，初秋时采摘，叶片以大、肥、嫩者为佳。泡开后，茶汤红浓，更有一种独特的香气与风骨。铁观音是可以细品的，品茶汤的醇厚与香气。一位北京的朋友，经商颇有心得，爱喝铁观音，数年不变。他年长我五六岁，为人低调、谦和，经商眼光独到而有预见性，能在市场低迷时进退有度，颇为智慧和练达。他的品性中透露出一股铁观音的况味和风格。在大环境陷入低谷时，他已全身而退，另辟蹊径。公司中的管理充分利用家族成员，发挥极致，是别人想学而不得的，也许是一种境界。如今他退居二线，不再经商，在老家侍弄果园，照顾老人，这又是人生的另一番风味。

冬天爱喝红茶。红茶，汤色红亮，味厚浓，暖胃生津。我喝茶向来没有独饮的习惯，通常两人、三人或多人对饮，一边喝茶一边聊天谈事。茶，一盏一盏地喝，一直到坐不住时，浑身通透，毛孔微开，遍身浸汗；夏天喝透时，不免畅快淋漓，似乎打通了浑身的筋脉。绿茶性寒，红茶性温，乌龙平和。红茶在火与水的淬炼中，注入人体的是一股激荡的暖流，能驱除体内的邪寒。从祁门红茶，到云南滇红，再到信阳红，虽均属红茶，细品又不尽相同。滇红更为老到，信阳红显得细嫩，祁门红茶适中。喝茶看自己体质，没有好与不好，只有适合与不适合之分。喝不同的茶，有时要看缘分。投缘的茶，第一次就能让你过目而不忘。一次机缘到广东英德市，见有当地的英德红茶，买了一斤，拿到家后，孩子妈妈本来从不喝茶，偶然在我买回的茶具里泡将开来，感觉香味回甘，连连称赞。

普洱熟茶，先用热水洗烫，再用火煮沸，冷却后，茶汤深红，汤汁厚重，饮后脾胃生津，能去腥膻。对茶的品评，是一种体验，也是一种积累，是渐进式的，逐层加深的。年龄渐大，方能压住普洱的厚浓。一提到普洱，总感觉有一种茶马古道的悠远。在喝普洱茶时，感觉是在穿越历史的隧洞，是现代与古代、今天与昨天的有机融合。

从茶谈到历史。中国的茶文化，始于神农上古时期，有唐人陆羽的《茶经》为证："茶之为饮，发乎神农氏，闻于鲁周公……

盛于国朝，两都并荆俞间，以为比屋之饮。"茶的生长是有地域性的，要求气候温暖、雨水充足，多为山地、向阳、僻静之地。中国产茶淮河流域的茶性中和，长江流域的茶秀雅、鲜醇，岭南及珠江流域的茶老到厚重。喝茶是没有地域性的，喝茶风尚遍布东南西北。中国的茶文化即是一种融合古今政治、经济、科技、宗教的多元文化。

把茶跟其他食品搭配，口感新奇。譬如糯米红茶，那股清凉之气和糯米香味，绵延不绝，糯米跟茶碰撞出来的味道别有一番滋味。虽是不错，却总觉失了茶的本真，已不再是真正的茶了。武夷岩茶，有种焦香之味，一次承朋友之约，为他的一位经营茶叶的福建朋友写了几句文案，今天不妨抄来：

一木之叶／在高山、藓苔、幽兰、岩林中淬炼／一切传说／都是风轻云淡／草木／在水与火中记忆／春花，夏蝉，秋雨，冬雪／开落，唱鸣，清冷，静寂／杯盏转换间／看云卷云舒／品人间温度／最是自然

茶可以让人在忙之中慢下来，在慢之中生出一种品位。茶的炒制是一次修炼和修行。制作好的茶，把生命固封起来，等待着一次机缘。茶，是有两次生命的。第一次，是在大自然中的诞生；第二次，是在茶汤中的绽放。蓄积了许久，在壶、水、火、杯和盏中流转，短暂而绚丽。留下一抹茶香，固封在品茶者的记忆里，像悠远的乡村童谣，有声地唤醒人的记忆，包括茶、人和事。

茶性易染，因此从茶树的种植，到造、别、器、火、水、炙、末、煮、

饮，均要求环境干净，不可有异味，否则前功尽废，茶也就变成了废品。一旦被其他气味侵染，茶就失去本源的味道。茶须干净，制作者也须干净，至此，茶的自然之净，上升到了哲学之净境，映射了茶树、茶、制茶人、品茶人的品性之净。

见有人悬挂"茶道"二字，去了一趟临沧，方才悟出了一点茶道的意味。临沧产普洱，其中最佳者谓冰岛茶。真正的冰岛，只有几十棵茶树可采。冰岛茶生于有溪水的高山岩石之中，向阳的才有冰岛固有的香气，向阴者味苦。冰岛茶之珍贵是用克来计算的。有幸在朋友家里喝到了珍贵的冰岛茶，茶汤透亮澄澈，金黄挂杯，喝了之后，一股馨香在喉齿之间回荡盘旋，用过的杯子散发出属于木叶和阳光的香气，历久而不散。喝普洱真正应该喝生普，只有生普才是普洱茶的自然之味和自然之气。茶道自然，真正茶之珍品，均是天时地利人和方才成就的。茶文化很早就融入了道家文化。道家文化的融入使茶回归本真和朴拙。

那么人的本真是否可以通过茶文化的盛行而回归呢？

2023 年 7 月于漯河市